微篇小说

时代记录

尚书房

送你一张笑脸

Smile

刘立勤 著

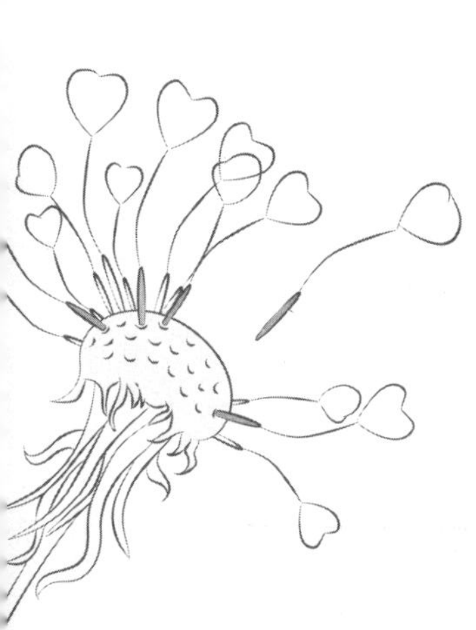

南海出版公司

2020・海口

图书在版编目（CIP）数据

送你一张笑脸 / 刘立勤著 .-- 海口：南海出版公司，2020.8

ISBN 978-7-5442-8011-2

Ⅰ.①送… Ⅱ.①刘… Ⅲ.①小小说—小说集—中国—当代 Ⅳ.① I247.82

中国版本图书馆 CIP 数据核字（2019）第 127814 号

SONG NI YI ZHANG XIAOLIAN

送 你 一 张 笑 脸

作　　者	刘立勤
责任编辑	李凤君
装帧设计	马顾本
出版发行	南海出版公司　电话：（0898）66568511（出版）（0898）65350227（发行）
社　　址	海南省海口市海秀中路 51 号星华大厦五楼　邮编：570206
电子信箱	nhpublishing@163.com
经　　销	新华书店
印　　刷	北京军迪印刷有限责任公司
开　　本	787 毫米 ×1092 毫米　1/16
印　　张	14.5
字　　数	143 千
版　　次	2020 年 8 月第 1 版　2020 年 8 月第 1 次印刷
书　　号	ISBN 978-7-5442-8011-2
定　　价	69.80 元

目录

老　牛

老牛一辈子都在上山下山，哪曾见过这么宽的河滩呀，宽得真是让人舒心。还有脚下的沙路，那才叫个软呢，好像是阳春三月自己犁过的春地，不过比那还要软。行走起来虽然用不上力气，可那感觉真叫舒服。沙滩边的草也是绿油油的，鲜嫩的草叶之间开着五颜六色的花，几只蝴蝶在花间飞舞，煞是好看。再看草地边的河，好宽呀，还有那水，真是有气势。老牛也不曾见过，眼睛忽然湿作一团。摆摆头，老牛很想到河边喝一口水。可是，那条不结实的绳子一拽，就拽断自己的想法，老牛只好跟着主人往前走。

那条绳子拴着自己怕有十几年了吧。记得刚拴绳圈的时候，那真是痛呀。痛得它撒开蹄子想狂奔，可一迈腿鼻子就更痛了，钻心地痛。它就定定地站着，看见鼻子上的血一滴一滴地滴在脚下。抬眼看看主人，发现主人的眼里竟然也有了湿湿的感觉，鼻子似乎不痛了，也就下了跟定主人走的决心。它跟着主人拉过磨，跟着主人拉过车，跟着主人犁过地，也跟着主人躲过雨，还跟着主人斗过狼。它一生的经验告诉它：跟着主人是没有错的。

它跟着主人往前走。他们走过阳坡的水田，走过阴坡没有犁过的旱地，也走过厦屋的磨坊，主人没有停留。走完山沟的小路，走过大路，又走进沙滩，他们还在走。

主人终于停下了脚步。可是这里没有大磨，也没有等它驾辕的大车，更没有让它耕种的水田旱地。这里有很多的人。那些人都鬼鬼祟祟地笑着，笑得不怀好意。老牛兀自心怯，乖乖地躲在主人的身后。它不知道主人要干什么活儿。它想，自己就是有一点怕人，自己这把老骨头，什么活儿都不怕。想到这里，它有一些惭愧，它想用一件事提劲儿。它想起自己年轻时的一桩豪迈的事情——斗狼。

那时候好年轻呀，浑身有使不完的劲儿，晴天犁地，雨天拉磨，简直不知道什么叫累。记得那天白天犁了一天的地，天刚擦黑，主人累得倒在地头就睡着了，它一边吃着草一边忙着和小母牛调情。待到小母牛情也有了、意也有了的时候，那头狼就出现了。它"哞"地长叫一声，主人依然打着香甜的鼾。这时，只觉得黑影一闪，一阵风扑面而来冲向主人。老牛迎风而起，与狼纠缠了几个来回，它瞅准机会用角挑住狼肚子，然后死死地把狼抵在地边的石头上。也就一袋烟的工夫吧，那狼就死了。而主人呢，依然在地头香甜地睡着。好在小母牛有情有义，依偎在身边乖巧得不得了。

想起那豪迈的事情刚提了一点劲儿，那绳子一抖，劲儿又泄了。老牛觉得自己真的是老了。它发现主人也老了，主人的头发白了，主人的背也弓了，主人的手也没有力气了。一双陌生的手土匪一般从主人手里轻巧地夺过了绳子，而主人什么也不说，还冲着那人堆起了一脸的媚笑，任凭别人吆喝。它拧过头想回到主人的身边，那人狠狠地一鞭子打在自己的屁股上，它明白了其中的缘故。握缰绳的人换了，主人也换了。它心里有了一丝怨恨。可回头再看老主人的时候，它心里却依恋地说："以后的磨只有靠你拉了，地也靠你耕种了；山路弯多路陡，上山下山你要小心。"

老牛这么想着，面相凶恶的新主人已不耐烦了，拉住绳子往前走。那就走吧，可走着走着，它忍不住想要回头再看一眼老主人。它看见老主人一脸的幸福，高兴地在那里数钱，高兴得竟然没有再看它一眼。它心里竟然有了些许悲凉。

这时，那根绳子又一拽，那份悲凉就没了。它一步一步往前走，一步一个脚印往前走。新主人会给它安排什么活儿呢，它使劲想象，却怎么也想象不出来。想象不出，它就跟着现在的主人往前走，它不知道将走向哪里，它一生的经验告诉它：跟着主人走是没错的。

老　狗

老狗一进院子口，就发觉那一双双的眼睛里充满了杀气。老迈的步子有些迟疑，它感觉到危险在向自己逼近。抬头环视四周的人，它发现都是熟人呀。它这才轻轻地舒了一口气，又往里走了几步。谁知道它刚踏进院子，身后的院门立马就关了。不好，大白天关门干什么？老狗这么想着，就感觉一股风劈面而来。老狗抬眼看去，只见主人的侄子举着一根木棒迎面扑来。老狗轻巧转身，便避开了面前的危险。

它不明白，为什么主人的侄子要这么对待自己？平日里关系都是不错的，经常在一起玩耍呀，他有什么好吃的东西，总不忘记给自己分一点呀。而自己呢，对他不薄呀。秋天里，给他弄过野兔；冬天里，给他逮过山鸡。而且，每次夜行外出都是自己陪着他走夜路呀。最有意思的是那次他去私会情人，赶着那女人的丈夫提前回来了，要不是自己咬住那男人的裤腿，说不定那男人就会打断他的腿，早让他成了一个瘸子了。可如今，他怎么变得这般凶残呢？

老狗想不明白，可那根棍子又明白地飞了过来，是想一棍子要了它的命。老狗毕竟是一只猎狗，一根棍子算不得什么危险。一闪身，危险又甩到了身后。老狗停住脚步，睃了一圈那些熟人，它希望那些熟人里有人能够替自己解除危险。这时，它看见了少主人，它希望少主人能够替自己说一句好话。为狗多年，它知道在这些人里面，只有少主人能够降住拿棍子的人。于是，它冲着少主人叫了几声，它希望少主人降服那个拿棍子的人。老狗没有想到，不叫还没啥，随着一声叫唤，少主人也持着棍子冲了上来。

老狗没有想到会是这样，少主人也会加入屠杀自己的队伍。它觉得少主人太不应该来。自己给他做了多少事情，它记不得了；替他背了多少黑锅，挨了多少打，它也说不清了。它记得自己还是少主人的救命恩人呢。记得那次打猎，一条眼镜蛇向少主人发起了进攻，如果不是自己果断出击，少主人也许早就魂归大山了。还有那次在河里洗澡，突然山洪暴发，少主人被卷入激流，如果不是自己推动一根木棒过去，少主人早就让鱼吃了。它和少主人的感情，真可谓情深谊厚谁也离不开谁呀。可今天这是怎么了？

老狗想不明白。老狗虽然想不明白，可是那两根棍子又明白地飞了过来。老狗虽老了，两根棍子依然算不得什么危险。随着棍子密集地飞舞，它灵巧地躲闪着。两根棍子算什么？它想起自己和三头狼的恶斗，最后胜利的还是自己。因此，几个回合下来，它就把少主人和那个小子累得气喘吁吁了。望着气喘吁吁的他们，它又委屈地叫了几声。它不明白这是为什么。快速地回忆了一番自己做过的事情，没有做过对不住他们的事情呀。没有做错什么，他们凭什么要自己的命呢？老狗又冲四周的人叫唤了几声，它希望人群里有个明白人替自己说句话。可是，随着自己的叫声，周围的人都拿着棍子围了上来。

老狗真没有想到会是这样，这么多的人都会要自己的命。回想自己的过去，从来都是勤勤恳恳出山打猎、辛辛苦苦看家护院，从未祸害任何一家人呀，他们怎么能够这样？可是人们不由它多想，拿起棍子把它团团围住，急切地想用一棍子要了它的小命。它明白人多力量大这个道理，小心地研判眼前的形势，瞅准一个机会，跳出危险的圈子，立马背靠院墙站住。人们没有想到老狗还这么矫健，回过身扬起木棒要打。眼看危险将至，老狗真不愧是一只好猎狗呀，冲上去咬住一个人的衣领，一下子拽到墙角。人们没想到会是这样，立马傻了眼，谁也不敢上前一步。

老狗知道自己暂时安全了，人们不敢贸然下手，他们顾忌自己爪下人的安全。它知道自己也不敢伤害爪子下面的那个人，如果伤害了那个人，自己就彻底完了。它只有挟持这个人等待主人的到来，它知道，只有主人才能救自己。主人对自己好呀，自己对主人更是没有什么说的。主人的财富都凝结着自己的心血，主人的危险都是自己去化解，自己的耿耿忠心唯有主人才理解呀。想到这儿，它按住那个人，大声狂叫，呼唤主人的到来。

主人终于来了，老狗立即放了那个人，欢快地扑了上去，围着主人撒着欢儿。然后，它依偎在主人的脚边高兴地呜咽，它想把内心的委屈和不平诉说给主人。也就在这时，它发现主人手里寒光一闪，就感觉自己的血喷薄而出。

老狗不明白怎么会是这样，悲哀地看着主人。

主人淡然一笑，说："别怨我，老狗大多都死在自己的主人手里。"

老狗依然依偎着主人，依然睁大眼睛看着主人。

老狗死不瞑目。

老　猴

老猴走上舞台，环视舞台前密密麻麻的观众，满脸是得意的笑。它想，还是有真本事好呀，有本事了连那些自以为万物之主的人也可以耍，耍得他们兴高采烈，耍得他们心甘情愿地掏出比命都重要的钱，供奉在自己面前。

每逢这时，老猴就会想起它的爷爷。

它感激自己的爷爷。爷爷教过它本事。爷爷教它上树摘果子，教它到农民家里偷吃的，教它对付蛇。老猴聪明，它毫不费力就学会了。它很想再学习一些比较独特高超的技能，可猴爷爷太平庸了，除了教给它一些基本技能外，啥也不会。不过它记住了爷爷说过的话，当猴子需要一些真本事。有真本事才能活下去，才能活得更好。

真本事从哪里来？

爷爷说："从敌人那里来。"

谁是我们猴子的敌人呢？是狼，是狮子，是老虎，是老鹰，是蛇？

爷爷说："是人，我们真正的敌人是人！"

爷爷还说："狼、狮子、老虎、老鹰、蛇再凶再狠，它们那几招我们猴子都能够躲过，可我们躲不过的是人。人有着千奇百怪的法子收拾我们猴子，让我们猴子家族不得安生。"

人真是猴子的敌人。老猴记得自己的父亲被人逮住吃了猴脑，母亲被人当作药物试验品死于非命，自己的兄弟姐妹也受够了人类的欺凌。人为了收拾一只猴子，会不顾一切地砍伐一大片树林子，也会像疯子一般放火烧掉一座山。

为了活下去，老猴在和人的斗争中学会了很多人的技巧，逃脱了很多的危险。因此，当后山的猴群几乎灭绝的时候，它不但逃脱了厄运，成了人的朋友，而且生活得很好。

老猴成了马戏团的演员。老猴精通猴子所有的技巧，还从驯兽员那里学了很多人的动作，比如敬军礼、鞠躬、作揖、读书、骑自行车、骑独轮车。然后，它把那些招式搬上舞台，随随便便露几招，台下的人就像傻子一样把巴掌拍得哗哗响，好像看到什么了不得的技艺。其实，那真的什么都不是。

它想，人自以为很聪明，其实人是最傻的。那么简单的几个动作，他们就会乖乖地掏出自己的血汗钱，还美其名曰看猴戏，意思是戏耍我们猴子。我老猴耍的是什么动作？是人的动作，我在耍人呢，我用夸张嘲弄的形式戏耍嘲笑他们人呢。傻乎乎的人还拿出钱来谢谢我猴子，真是傻得不可思议。

老猴明白了这个理，它耍得更得意了，耍人的手段也越来越高明。因此，老猴得到的奖赏越来越多，日子也越来越好。它不担心没有食物，不担心狼、狮子、老虎、老鹰或者蛇的攻击。它有专门的房子，有专门的服务员，有源源不断的水果和食物，若是生病了还有医生照顾。

老猴不断学习耍人的新手法。它善于学习，学过高台跳水，空中翻转三周半，惊险又优美；它学过撑竿跳高，空中飞跃比人厉害多了。有了这些新奇的手段，老猴一出场就掌声雷动。

得意的老猴有些不安分了。它喜欢显摆不说，还常常捉弄人。它会偷偷地给女演员的辫子上绑一个道具，它会给熟睡的男演员涂一个白鼻梁，它也会把女演员的钱夹偷出来悄悄放进男演员的口袋里。末了，后台上是吵吵闹闹热闹非凡。待明白那是它老猴在搞怪了，演员们纷纷抛出手中的家伙砸老猴。老猴真是聪明，从中又练就了空手接箭的招数。这个招数成了老猴的看家本领，也成了马戏团的压轴戏。

那曲戏真是惊奇呀。老猴站在空中的木杆子上，演员瞄准那老猴放箭。那是货真价实的弓箭呀，只见老猴手一晃，箭被轻巧收回。侧台的演员继续放箭，连发十支，一次发十支。台下的观众看得惊心动魄，老猴硬是一支不丢全部收回。全场掌声雷动，老猴更是得意非凡。

那天，老猴又在表演自己的看家本领呢，隔壁武校教练带来了一百多弟子看老猴的表演。教练有百步穿杨百发百中的技艺，当他看完老猴的表演后，淡然一笑，扬弓发了一箭，老猴手一晃轻巧收回。教练一脸赧然，反身连发十箭，老猴照单全收，而且手舞足蹈，台下一片欢呼。一向自负的教练没想到自己会败给一只猴子，顿觉颜面丢尽，招呼那一百多名弟子一齐出手十箭连发，组成了一道箭的幕墙。立马，那老猴跌下高高的木杆，万箭穿心而死。

耍人的老猴就这样死了，至死都不明白是怎么死的。

老　驴

老驴应该算不得老吧，才十来岁的光景，正是年富力强好干活的时光。可主人喊它老驴。喊就喊吧，老驴喜欢，反正自己年轻，在人的世界里，喊“老”算得上尊敬或者亲昵了吧。

主人对自己是尊敬、是亲昵，抑或二者皆有，它不明确。不过，它聊以自慰的是主人喜欢自己，主人也离不开自己。不像对狗，主人从来都是用脚和狗说话。

主人真的离不开老驴。

主人有十亩地，别人用牛犁地，他们家用驴。别看驴单薄，犁地可是一把好手，一头驴抵得上两头牛。犁完地运肥料，别人家掏现钱包拖拉机拉，他们家用驴拉，三趟抵得了一拖拉机。再说了，驴的力量虽然小一点儿，不出钱不操心还安逸。尤其是夏收秋收的时节，驴拉麦把子、拉苞谷、拉红薯、拉黄豆，早也行、晚也行，多也行、少也行，驴从来没有怨言，主人还不用看人脸说好话。驴也好招待，不吃肉不喝酒，更不欠人情，一把草料就换来一天的力气。

村子在一片旱塬上，缺水，家家户户要到很远的地方挑水吃。而主人家不用挑水，主人用驴子运水。运水的路程很远，跑一趟要一个时辰。主人没有时间，运水的事情就交给它老驴了。老驴背着两只空水桶出了门，半个时辰后又回来，一家人一天的生活用水都够了。主人啥心都不操，满村子人都羡慕。

村子没有钢磨，用石磨。主人家有一盘石磨，也得用驴。主人用石磨碾麦子磨面，用石磨碾豆子打豆腐，用石磨碾苞谷做粉子。那盘石磨很重，主人推起来转不了一袋烟的时间，就像爬了十米高竿的猴子一样喘，而驴不，驴转上一个时辰两个时辰都不用歇气，依然呼噜噜呼噜噜转。转出来的不仅有白面，有粉子，有豆浆，还有银子，白花花的银子。老驴知道，那银子，那银子才是主人的最爱。

主人家负担重，妻子有病，孩子上学，主人需要银子。银子哪里来，主要靠老驴。老驴拉磨，一圈一圈，一圈一圈，从不耍猾，也从不偷懒，就连偷吃的活儿都不干。因此，它拉磨不用戴笼嘴，也不用戴眼罩，低着头呼噜噜呼噜噜转，银子就来了。老驴也外出打工，给人犁地，与人拉货，挣一些脚力钱。老驴也和主人一起去做生意，在山里收一些山货拉出山外，然后把山外的货运进山里。主人出点子，老驴出力气，一家人的日子过得红红火火。

因此，主人对它也是百般的喜欢。得了空，给它割一把鲜嫩的草料；干完重活，还会喂它一把炒得香喷喷的黄豆，那可是主人都舍不得吃的东西呀。夏天了，经常把它拉到河里洗澡；冬天的时候，还给自己披上一床旧被子。农闲又不做生意的时候，主人还会领着它到镇子里看看景儿；不拉石磨了，它也会驮着主人癫狂地跑一阵子。老驴和主人好得像兄弟一般，老驴幸福得不得了，也骄傲得不得了，出来进去都咴儿咴儿地叫。

狗见了，愤愤地说："你别张狂，再张狂也免不了一刀。记住，等你老了的时候，主人就会卸磨杀驴的。"

老驴听了，不屑一顾地走了。它知道卸磨杀驴的古话，可是古话也是会改变的。人是重感情的，人怎么会去杀自己的朋友？况且自己还没有老，正是出力气的时候。

老驴继续犁地，继续运肥料，继续拉麦把子、拉苞谷、拉红薯、拉黄豆，竭力减轻主人的负担。老驴继续背着水桶到很远的地方拉水，水很不好拉，老驴拉水可以做到滴水不漏了。老驴继续拉磨。磨很重，老驴不觉得，依然低着头呼噜噜呼噜噜转，转出一圈一圈的银子供主人做家用，转得主人儿子的大学都毕了业。老驴也不清闲，不是卖脚力，就是去运货，主人的日子越来越红火。好在，主人对自己好得真的没话说，每天都有一顿鲜嫩的草料，三天五天都会吃一把香喷喷的炒黄豆，日子过得比神仙都要美。

年轻力壮的老驴还想继续美下去呢，主人的儿子回来了。回来就回来了呗，可要领回来一老板。那老板见了老驴高兴地笑了，他拍拍老驴的屁股，他说想吃老驴的驴鞭。看看老板骄傲的身影，老驴吙儿吙儿一声冷笑。老驴想，驴鞭值多少钱？那地里的活儿、桶里的水、磨坊的石磨和白花花的银子，都是谁做？主人会让你吃驴鞭，真是做梦。

可惜，老板美梦成真。就在老驴的冷笑还在脸上荡漾时，主人一刀就结果它的小命。老驴至死都不明白，无论驴做得多么好，卸磨杀驴都是必然。遇上性急的主人，不待卸磨也会杀驴。

老　狼

老狼不得不承认自己老了，它感觉瞌睡明显多了起来，蹲在那儿想瞌睡，窝在那里准备睡一觉呢，脑子却又格外清醒了。记忆力也大不如前了，当下的事情记不住，以往的事情忘不了。比如说昨天吃了一半的山鸡愣是记不起放在哪里了，那些陈年旧事却记得清清楚楚。

晒着春天的太阳，那真叫一个舒坦，可以不想那半边鸡了，想想以往的风光吧。老了，也是靠回忆滋润自己枯燥的日子。再说，消化也不好了，少吃一顿也没有什么关系，而记忆可以让自己充满信心。

最风光的还是争夺狼王的那件事。那时候真的是年轻，那时对谁都是客客气气，内心里却对谁都不服气。特别是看不起狼王老黑的做派，一副老子天下第一的气势，谁它都不用正眼看待，谁的意见它都听不进去。尤其是看见哪个公狼和母狼多说了几句话，老黑就会龇牙咧嘴发出一声低沉的怒吼。几次它都想收拾老黑，看看老黑光滑的皮毛和浑身的肥膘，兀自怯了火。那天它只和小母狼多说了几句话，还没有多少想法呢，老黑竟然冲上来不问青红皂白地教训他。它知道老黑心狠，如不立即逃跑，自己非死即残。可逃跑已没有机会了，它只能仓促应战。自己硬是凭着年轻和无所畏惧，从太阳出山，一直战到夕阳西下，最终打败了老黑，意外地成了狼王。看到老黑灰溜溜离开狼群，它粲然一笑，想，你不要怨我，要怨就怨母狼吧，要不是它们让你耗费了体力，你绝对不会败于我手下。它想，轮着自己当了狼王，一定要远离美色。

谁知道，轮着自己当上了狼王，风情万种的母狼们谄媚地围绕着自己转了一圈又一圈，内心压抑已久的钢规铁条倏地就融化了，心里柔情似水，自己甚至比老黑还迷恋美色。可惜的是，狼王不仅仅拥有众多的母狼，更重要的是它还得负责自己种群的生存发展。生存发展的首要任务，就是要吃好喝好。十几只狼一天需要多少东西呢？好在它不怕，白天，它和众多母狼温柔缠绵；晚上，它带领几只公狼冲锋陷阵，要么是鸡，要么是猪崽，要么是羊羔，只要它们愿意，没有它们弄不回来的食物。一时间，众公狼对它佩服得五体投地，众母狼对它温存有加。前狼王老黑见了，妒忌得不行，说什么凡事不可过分，小心遭到人的报复。“人，我们狼是斗不过的。”

那时候真的年轻呀，你说我斗不过，我专门和人斗。人的确很狡猾，设置了好多花招，在猪圈旁边挖陷阱，在墙面上画白圈，这类雕虫小技怎么能够斗得过有经验的狼。陷阱没有掉进过一只狼，倒是邻家醉汉陷了进去；墙上的白圈就更好了，明明白白告诉我们狼，这个地方没有猪就有牛，少跑了许多的冤枉路。为了嘲笑人，原来我们只逮小猪的，现在还弄来了大猪。为此，自己专门发明了一种逮大猪的方法——用嘴咬住猪耳朵，用尾巴赶猪，猪就乖乖地跟着进山了。弄得人还以为是哪个贼偷走了。

人真的聪明，跟人斗不仅长智慧，而且其乐无穷。比如说人设计机关时总喜欢留一个机会给自己，其实那个机会也是给狼留的。与人方便，与狼也方便。人也喜欢算计他人，你顺着他的思路把另外一个人算计了，下次这个人准会又给你创造一个机会，没准儿是一个机会接着一个机会，让你应接不暇。人再齐心协力，总会有人私下里打小算盘，给我们留一条活路，让我们死里逃生。它吃透了人性的弱点，和人斗得游刃有余。

在它的带领下，狼群不断地发展，种群越来越大，好多狼熬煎生活的来源。它不熬煎，它赶走另外一个区域的狼群，还拓展自己种群的活动范围。它发觉人的心更散了，人似乎更好对付了。原来它们夜间出动，现在白天也可以觅食；原来做一些小打小闹的事情，现在它竟然敢带领大家对付羊群和牛群了。狼群的日子快乐得不得了，它自己也自豪得不得了。

也就在它最为自豪的时候，它又一次带领狼群外出觅食，谁想它遭到另外一只公狼的暗算，陷进猎人的圈套。待它成功逃脱猎人的魔掌，回到自己的狼群，面对那只公狼的挑战，他退却了，黯然离开昔日的狼群，过起了独行侠的生活。独行侠的日子虽然寂寞，倒也轻松，一狼吃饱，不管其他，它更不把人放在眼里了。不过，它有点儿怕同类的狼了，见了狼就回避。它喜欢到有人的地方去活动。

老狼想到这儿，还是没有想起那半边山鸡放在哪里了，它只好起身再去觅食。山里的东西越来越少了，还有狼在出没，还是找人吧。也就在它站起来的那一刻，一只恶狼扑过来咬断了它的脖子。

这只不怕人的老狼终于死了，而且是死在了狼的手里。

老　羊

老羊很小的时候学会了一个本领，它能够揣摩出主人的心意，绝对服从主人的指令。主人指东，它绝不向西；主人指北，它绝不往南。

老羊也曾经和牧羊人作对过，它觉得自己是父母的宝贝儿子，在羊群里横冲直撞恣意妄行，可别的羊根本不把它当一盘菜，想骂就骂，想打就打。特别是牧羊人可恶至极，稍不注意就会狠狠地抽他一顿鞭子；就算手里的鞭子够不着，手里的小石头也会追着赶着砸在他的嫩角上，比挨鞭子还要难受。老羊明白，羊怎么能够斗得过人呢？

斗不过人，它就想和牧羊人做朋友，以求改变自己的命运。此后，它变得很是乖巧，走出羊圈，就围绕在牧羊人的欢歌笑语里，很是讨人喜欢。遇上牧羊人高兴的时候，还会摸摸它的头，帮它理理毛，有时还会帮它把身上的虱子消灭掉。牧羊人对它的喜爱激起了其他羊的气愤，给它白眼不说，遇上好的草地时，就把它排挤在外。它呢，只要围着牧羊人委屈地叫唤几声，牧羊人就会用鞭子或者小石头给它圈出一块肥美的草地。有时也会用刀割一捆鲜嫩的草，让它在树荫下享受，过得很是惬意。

羊无师自通地学会了许多让牧羊人高兴的事情。它会玩蝴蝶，夏天的草地总是有许多的花蝴蝶，它把蝴蝶追得急急火火满天飞舞。它还会逗蚂蚱、逗鼹鼠，逗得牧羊人开心地笑。它还会斗蛇，最后让蛇咬了一口，幸亏是一条无毒蛇。它最喜欢、最擅长的还是抵仗，它常常挑逗其他的小羊，和它们抵仗；它也与牧羊人抵仗，把牧羊人抵得心花怒放。它最得意的是那次和一个叫老黑的城里诗人抵仗，把诗人抵得仰面朝天。它不仅给牧羊人长了脸，还给牧羊人赢了一瓶酒。牧羊人高兴地给它割了三天嫩草，气得其他羊恨不得拔了它的毛。

羡慕也罢，嫉妒也罢，仇恨也罢，它的日子是一天比一天风光。在大家的羡慕嫉妒恨中，它已经成为一只大羊了。它与牧羊人的关系似乎更铁了，它似乎也更贱了。它竟然成了牧羊人的坐骑，牧羊人常常骑在它的背上开心地笑。简直是羊奴，真是有辱羊格呀，羊们骂它。可恨也好，羡慕也好，都改变不了牧羊人对它的喜欢。它不仅可以和牧羊人一起享受清凉，吃牧羊人割来的嫩草，而且可以随时随地和羊群里的母羊约会、调情。羊们已经奈何不了它了。

它觉得和牧羊人关系越来越亲密，处世也越来越张狂，不安分守己做自己的羊宠不说，而且参与管理羊群事务，挑战头羊的权力。头羊岂能饶了它，发起威风和它决斗。它真不是头羊的对手，不到三个回合就被头羊打得鼻青脸肿、满地找牙，羊们高兴地大喊大叫。可牧羊人却发起神威，一顿皮鞭冲向头羊，头羊被打得皮开肉绽不说，而且把头羊卖给了杀羊人。看得羊们的那个气呀，谁也不敢说话，只有平静地接受它成为头羊的事实。它知道，原来的头羊是很有能力的，羊们平静地接受也是静观它的笑话。

羊们以为能够看见它的笑话了，可又有什么笑话可以出现呢？羊群的生活就那么简单，离开了原来的头羊，羊群的日子依然如故。而它依然和牧羊人关系紧密，依然享受树荫下的清凉，依然享受草地上最美的嫩草，依然享受羊群里最美的母羊，并且站在羊群的前面引领羊群，多了很多的威风，始终不见有什么不好的事情。羊一只只离去又一只只地进来，没有哪只羊是不可缺少的，离了谁羊群依然成长。老羊知道牧羊人只有一个，牧羊人决定着羊群的命运。因此，当羊群里有个什么私下的活动，老羊就会及时提醒牧羊人，羊的灾难就来了。羊群里有人又骂它是羊奸，老羊也知道自己是羊奸。它觉得做羊奸好呀，不做羊奸哪来那么多美好的日子。

那些日子真的是美好呀，吃得美，玩得美，喝得更美，老羊长得又肥又壮优美无比呀，竟然比同龄羊威猛出很多。看看那些骨瘦如柴同龄的羊们，老羊觉得自己选择的路子真的很好，必须依靠牧羊人。因此，当牧羊人手拿一根绳索吓得羊们纷纷逃窜时，它欢快地走了过去。老羊还没有明白怎么回事，牧羊人就套住了它的脖子，绑上了它的四蹄。

倏地，老羊明白了，老羊怨恨地看着牧羊人。

牧羊人说："你莫恨我。我让你吃得美、玩得美、喝得美，就是让你快快地长，长得又肥又壮，目的就是为了快一点儿吃你的肉呀。"

老羊闭上了眼睛，泪水止不住地流。

老　猫

冬日的阳光照在金色的草地上，老猫躺下身子准备晒太阳。那本该是最惬意的时候，可饥饿如影随形地跟着她，让她不能安心。老猫站起身子抖抖毛，又想起了早先的好日子。

那真是一段好日子呀。

老猫出身名门，是有名的山东临清长毛狮子猫，也叫中国大白猫。她的父母浑身雪白，长毛披身，雍容华贵，气度不凡，人见人爱。可以想见，在她还没有出生的时候，早就有好多的人家打她的主意了。

待到她出生，真是天可怜见的，全身披着厚厚的雪白的毛不说，颈部还生长着和狮子一般非常好看的长毛，无比美丽。特别让人称奇的是她还长着一对一黄一蓝的鸳鸯眼，那可是大富大贵的形象呀。据说，长了鸳鸯眼的长毛狮子猫能辟邪旺家，给家里人带来数不尽的好运气呢。因此，她一出生，求亲的人家络绎不绝，聘礼是涨了又涨，最后被主人以十倍的身价许配给了一个挖煤的大老板，她成了大老板小三的宠物猫。

那老板家非常有钱，楼房有原来主人家的房子三倍那么大，有车，家里还有游泳池。更让猫高兴的是，女主人还给她收拾了一间猫屋，里面放了好多好多从来没有见过的玩具，让她乐翻了天。哪像自己原来的家，一群猫挤在阳台上一个小木箱子里，要多寒碜就有多寒碜。玩具嘛，就是一根鸡毛，玩腻了还得继续玩。

最美的还是那女主人，那真叫美呀，像画里的女子，也像电视中走出来的小姐。女主人事情不多，除了陪那个大老板，大把大把的时间就是和她一起玩耍。女主人把她当女儿养，闲来无事就教她做游戏、游泳、躲猫猫、玩柔力球、算算术，好多好多的游戏。不仅女主人喜欢，大老板也喜欢。每次到来，都会给她们留下大把的钱。

有了钱，她们一起上街，一起逛超市。走到哪里，关注的目光都黏她的身上，女主人好生高兴。累了，到咖啡店；饿了，去餐厅。不管到哪儿，女主人都会给她设一个专座，让她和女主人坐在一起，想吃什么就吃什么。既有面子，又有身份，神气得不得了。哪像在原来的家里，一点儿剩饭剩菜还要倒进阳台拐角的破碗里，还要和家人争抢。

女主人喜欢她，可把她看管得很严，不准她私自外出，不准她结交男猫。胆敢有男猫试图接近她，女主人绝不手软。有时她实在是想念男猫了，也会和其他的猫一样叫唤几声，女主人立马抱起她，吻她的额头，亲她的鼻梁，捋她脖子上的长毛，夜里睡觉的时候，还把她放进自己的温软的被窝里。她觉得自己的叫声有些可耻，更加勤奋练习一些讨巧的手艺，以博得女主人的喜欢。

女主人更喜欢她了，不仅给她买好吃的，给她买花衣服，还不让她干粗活。记得有一天家里进来一只老鼠，她正思考该怎么捕鼠时，女主人打电话请人送来一只土猫消灭了那只老鼠。看那土猫撕扯老鼠粗俗的样子，她依偎在女主人怀里，觉得无限高贵和幸福。有时候她也想生个小猫，或者学学捕鼠的技能，但终究舍不得眼下的生活。生活是无限的美好呀，她无限地感激女主人。

也许真是旺家，自她进了主人家后，主人家越发地好了。换车，换家具，又换了房。主人对她依然很好，她有些飘飘然了。

好日子总是很快。女主人再次换房时，男主人带来了一只波斯猫，生得娇小玲珑、仪态万方，真可谓千娇百媚、风情无限呀，她看着也暗自喜欢。这时，她顿觉自己老了，心里有了一丝不安。就在她心生不安的当儿，女主人竟然把她赶出了家。她没想到女主人这么绝情，抱着女主人的脚怎么也不放手。并且回头看看男主人，想告诉男主人自己是旺家的，谁想到男主人一脚把她踢出了门外，决绝地关上了门。

老猫被赶出了门外，心里还是愤愤不平，心想我陪着你度过了多少寂寞的日子呀，怎么能这么无情。于是，她整天冲着主人家的大门“喵喵”地叫，叫得凄凄惨惨戚戚，很希望主人打开那紧闭的大门。可惜，那扇朱红的大门关得很严，再也没有为她打开。

门外的阳光很暖，无处不在的饥饿让她无心享受。那么，晚餐在何处?老猫无限地怨恨起主人来。

云　豹

他最喜欢的动物是云豹。

小时候就喜欢。大人故事里的云豹从不吃人，也没有听大人说云豹吃羊、吃猪的故事。倒是听说过云豹吃牛的故事，可结局都是牛把云豹打败了，有的云豹为此还丢掉了老命。

大人的故事里云豹喜欢吃狗。他记得一句俗话：“人狂无好事，狗狂豹子拖。”前半句是说人的，人懂得；后半句是说狗的，狗不懂。狗见了人就咬，见了狗也咬，那么豹子来了。豹子来了就会咬住狗的脖子，把狗拖走，把狗变成自己的美餐。

他们那里的人爱养狗，好多人家都养狗，狗那个凶呀，真的是让人害怕。年少的他们上山、过河、上学，为了躲一条凶猛的狗会走许许多多的冤枉路。有时候走了许许多多的冤枉路，还是没有躲过这条狗。他们心里就会抱怨豹子，你怎么不把谁谁谁家的狗拖走呢？

后来，他才明白豹子太少了。太少的原因是人类的猎杀，最重要的原因是人类毁坏了森林生态，破坏了云豹的家园，云豹无处安家，云豹就不见了。明白了这个道理，他已经大学毕业了，他成了秦岭山区一家野生动物保护站的工作人员，专门保护野生动物。

这时，他更喜欢云豹了。老虎太凶，狮子太猛，熊猫太憨，只有云豹最可爱。云豹威猛而不失温柔，凌厉又不失圆润，就像一个冷艳又丰盈的俏佳人，让人心生几多的爱怜。因此，T型台上有多少耀眼的女子穿着豹纹背心娉娉婷婷、袅袅娜娜，又有多少多情的丽人穿着豹纹衣裳招摇过市。他想，他结婚的时候，一定要给他的新娘做一件有豹纹的嫁衣。

他喜欢云豹，他也喜欢他的工作，他工作的一个主要任务就是寻找和保护生活在这里的云豹。

云豹个子不大，头部略圆，口鼻突出，爪子非常大。有着粗短而矫健的四肢，粗粗的尾巴几乎与身体一样长。云豹体色金黄，并覆盖有大块的深色云状斑纹。深色的云纹和斑点构成了云豹天然的伪装，当它安静地蜷伏在树枝上时，无论是树下经过的人，还是天上飞过的鸟，都很难发现它。即便如此勇猛又善于伪装，云豹也斗不过狡猾的人，云豹已经成为濒临灭绝的动物了。他工作两年了，还没有见过真正的云豹。

他在网上搜了很多关于云豹的资料和故事。云豹几乎不伤人，史料里很少看到云豹伤人的记载。资料记载明万历年间，开发光明顶以南慈光寺、文殊院、莲花峰一带的普门大师，曾经医治过一只云豹并收他为徒，用以看家护院。致力于云谷寺一带开发的寓安大师一次夜遇云豹，训导云豹与人为善。传说黄山自古至今，未见云豹伤人的事。

他也遇见过秦岭山中年老的猎豹人，那个猎豹人也给他讲了一个故事：猎豹人说他常常等在云豹出没的路上猎豹，每年都有不错的收获。那次，他又去猎豹。正是春夏季节，满目新绿，山花烂漫，微风吹拂，等待云豹的他一时心旷神怡，忍不住放下手中的猎枪和砍刀，去追逐花间的蝴蝶。当他手捧蝴蝶满怀欣喜时，感觉到一丝凉风袭来。回头看去，一只丰腴优美的云豹向他走来。枪在远处，刀不在手边，他只能坐以待毙。谁想到，云豹从他身边走过，却没有伤害他。此后，他再也不猎云豹了。

他把这些故事印出来，四处张贴，也四处宣讲，希望人不要害怕云豹，更不要伤害云豹。一念生，天涯咫尺。慢慢地，他发现了云豹的行踪；慢慢地，他发现保护区来了一只云豹。云豹是那么美丽，行动是那么优雅，身姿是那么迷人，他惊喜不已。那一夜，他还梦见了云豹，那只云豹竟然成了他美丽的新娘子……

他对云豹更爱惜了。他常常把自己对云豹的喜爱之情，还有云豹的生活照片隐姓埋名地发在自己的博客里。在博客里，他认识了一个叫“小豹子”的女人。“小豹子”真是一个可心的女人呀，他和“小豹子”成了好朋友，云豹多了一只。后来，他和“小豹子”成了相互信赖的爱人，多疑的云豹和他和谐相处了。

“小豹子”要做他的新娘子了，他邀请她来保护区看望云豹。他们看见云豹静静地横卧在一根向外伸展的粗树枝上，像蛇一样柔软的身子紧贴着树干，眯着眼睛悠闲地小憩，好生让人喜欢。回头看看身边的“小豹子”，她真像一只美丽的小豹子，他想起云豹成为他新娘的夜晚。他忽然想，“小豹子”要是能够穿上云豹的真皮嫁衣，那该是多么迷人呀。

想到这里，他恶向胆边生，提着刀扑向了云豹。谁知道，“小豹子”敏捷地将他扑倒在地，扔了他的刀。那只栖息在树上的云豹也跳下树，倏地就不见了。

一念起，咫尺天涯。

云豹走了，“小豹子”也走了。

他呢，只好一个人守着没有云豹的保护区。

麻　雀

老伴让儿子给他养了一只麻雀。

他喜欢麻雀。很小的时候就喜欢。那时候的雀鸟很多，麻雀和他最亲近。他的家是一座土房子，麻雀的家就是那土墙上的一个洞。麻雀在洞口飞进飞出，麻雀在洞外欢叫，麻雀围绕洞口嬉戏。麻雀的一举一动都牵扯着他的心。

后来，他上学了，课本里有一篇俄国作家屠格涅夫写麻雀的文章，他至今都记得——“突然，一只老麻雀从一棵树上扑下来，像一块石头似的落在猎狗面前。它挓挲起全身的羽毛，绝望地尖叫着。”虽然早就知道后面的结局，每次背诵到这里，他都会心惊肉跳。

他更喜欢麻雀了。那时候小孩子喜欢玩弹弓，喜欢用弹弓打枝头的柿子，打电线杆上的瓷壶，尤其喜欢打飞来飞去的鸟儿。可每次看见有人打麻雀，他不管对方是大孩子还是小孩子，都会不顾一切地前去阻挡。他常常被别的孩子打得鼻青脸肿，但他无所谓，他只希望别人不要打麻雀，让麻雀安全地飞走。因此，别人骂他是神经病，老师也骂他是神经病，一个老师还让他父亲领着他去医院检查检查。

也许真是神经病，父亲发现他太喜欢麻雀了。每天放学回来，他都会在麻雀的洞前细心观望；上学以前，站在洞下不忍离去。他本来是一个极为胆小的孩子，可那次一条蛇偷袭麻雀被他发现，他竟然拎起蛇的尾巴把蛇扔进河里。不过，也仅限对麻雀的喜欢，别的也没有什么异常。父亲放弃了送他到医院检查的打算。

他一直喜欢麻雀。别人家盖房子了，会在檐下或是窗外给燕子留下筑巢的地方，他却在自家白白光滑的墙上给麻雀留下几个洞，让麻雀安家。他还在自己的山墙外栽了几丛修竹，给麻雀修建了一个娱乐场。麻雀是热闹的鸟儿，叽叽喳喳地欢叫，他心里是满心欢喜。

麻雀越来越多，有时干扰了他们的生活，年轻的妻子也会和他争、和他吵，可终究熬不过他的喜欢。再说了，他只是喜欢麻雀，也没有别的爱好。不让他喜欢麻雀了，他要是喜欢了赌博，喜欢了别的女人，那该如何？妻子想开了，得了空，也和他一起照料那些麻雀。

麻雀多了，有时真的是闹心。你要午休，麻雀要叫唤，叽叽喳喳，叽叽喳喳，像个碎嘴的婆娘。麻雀粪便也不讲究，刚洗好的衣服，不小心会给拉上粪便。有时候，麻雀还会偷食晾晒的粮食。可是，他还是一如既往地喜欢麻雀。

麻雀有毛病，麻雀也有很多的好处。他家里的地从来不用打农药，麻雀会把那些虫子吃得干干净净，他的菜，他家的庄稼，就在地里蓬蓬勃勃地生长。麻雀也成了一道景观，引来了好多的城里人。有人想买麻雀，想吃麻雀肉，也有人想吃麻雀蛋，而且给了大价钱，那怎么可以呢，他说什么也不卖。

客人很遗憾。满含遗憾的眼神看见了房子周围的地，地里的菜，地里的庄稼，蓬蓬勃勃喜煞个人，没有化肥的气息，没有农药的味道，哪里去找这么好的东西呢。有人掏了大价钱买他家的菜，买他家的粮食。谁想到，麻雀会让他不出门就能挣来钱，全家人高兴得不得了。

一晃多少年过去，麻雀越来越多，日子也越来越好。儿子上完了大学，有了孙子，他们也老了。儿子要把他们接进城里安享晚年。他是多么不愿意，他舍不得老家的房子，舍不得房子周围的土地，更舍不得那群叽叽喳喳的麻雀。可他挨不过儿子的哀求。

谁想到，城里的日子好是好，可太寂寞了。连只鸟都没有，连只麻雀都没有。寂寞中，他病了。他想回家，想去看看老家的麻雀，可儿子却把他送进了医院。医院好药用尽，他的病却越来越重。

老伴知道他的心思，让儿子给他养了一只麻雀。

麻雀来了，他能吃了，气色也好了，他的病似乎减轻了许多。可是麻雀不吃不喝了，水不喝，粮食也不吃，就连儿子好容易弄来的蚯蚓也不吃。麻雀的精神一日日地萎靡，他的毛病又加重了。医生已没了办法，让他回家静养。回家前，他挣扎着打开关麻雀的笼子，那只麻雀竟然欢快地飞走了。麻雀飞走了，他的心也跟着麻雀飞走了。

出了院，他坚持要回老家。

老家多好呀，有山，有水，有天，有地，有他日思夜想的麻雀。坐在老家空空的场院里晒着太阳，麻雀在身前身后飞来飞去，那真叫一个畅快呀。

他想，人的生活里要是连一只鸟都没有，那是多么的寂寞呀。

小　鹿

小女孩到林区的第一天下午，就发现了那只小鹿。

她是城市的女孩，因为得了一种奇怪的病，医院无法医治，妈妈就领着她来到爸爸工作的林场，住进了爸爸守护林子的小木屋。她很早很早就想到爸爸的小木屋来看看，她想看看真正的林子、小草、小溪，可妈妈总不答应，妈妈说那里太清苦了。直到自己病了，妈妈才带着她来到这片林子。

来了，她就看见了那只小鹿。小鹿是一只梅花鹿，就像三味书屋正堂挂着的画里的小鹿一样，黄褐色的皮毛上有着点点花朵。那时，小鹿站在溪边回头望着幽深的白桦林，望着苍茫的林海，望着霞光四射的落日。落日里的小鹿更显得楚楚可怜。她真想走出小木屋，走过小溪，亲亲小鹿柔软的毛皮。可是就在她支撑着爬起来时，她碰翻了桌上的水杯，水杯跌落在地上发出一声尖锐的叫声，可怜的小鹿就惊恐地跑了。小鹿跑得惊慌，几次都跌倒在乱石嶙峋的河滩上。小女孩的心提了起来，捂着嘴屏住呼吸。当小鹿终于飞进白桦林不见时，她的心才放了下来，一行清泪就从脸上流下来。

擦去泪水，她发现自己竟然轻松了许多，头不昏了，也不疼了。于是，她就趴在窗前望着小鹿跑过的沙滩，望着沙滩后的白桦林，望着苍茫的林海和慢慢坠落的太阳。夕阳落了，天已黑了，她担心起刚刚结识的小鹿了。小鹿你跌伤了吗？你的鹿妈妈呢？白桦林里有狼吗？小鹿不见了，她也不知道这些答案，她就在昏暗的松明灯下给小鹿编织一个美丽的童话。在她的童话里，小鹿不仅有爸爸，有妈妈，有一个幸福的家，而且是有勇有谋的勇士。她被自己编织的童话感动了，她想，明天小鹿再次到来的时候，她就把自己编写的童话讲给美丽的小鹿听。

下午，小鹿真的又来了。小鹿站在昨天的沙滩上悄悄地望着小木屋，望着小木屋窗子里的她。她便一动不动地默默地看着小鹿。她知道，现在如果再有一丝声响，小鹿就会急速离去，而且不再回来。于是，她就在心底默默地把自己编织的童话讲给小鹿听。她想，凭着小鹿和自己对视的目光，小鹿一定会听懂她的故事。以后，她就会和小鹿交上朋友。

以后，她真的和小鹿交上了朋友。小鹿每天都会来到河边的沙滩听她讲故事。她讲的故事越来越精彩，她和小鹿的关系也越来越亲近。现在，她不仅可以在窗子里唱歌，而且还可以走出门外看小鹿在溪边喝水吃草，小鹿对她全无了戒心。这时，她发觉她的病也好了，以前的一切不适症状都消失了。手脚灵活了，思维十分活跃，她为小鹿编织的童话也越来越神奇。不过，她没有把自己的身体状况告诉爸爸妈妈，她想待到自己能走过小溪和小鹿一起的时候，再给爸爸妈妈一份惊喜。

她马上就走到小溪了，站在小溪的两边她和小鹿互不惊扰。在城里时，她没有想过能和小鹿交朋友，她更没想过小鹿还能医好她的病。因此，小鹿不在的时候，她就把自己给小鹿编织的童话记录在笔记本里。她想，待到自己和小鹿相拥的时候，自己也该回城上学了，那时，她要把这个故事讲给全班的小朋友听，要全班全校的小朋友都和小鹿或是小动物交朋友。

可惜，她终于没有走过小溪，就在记录完自己的故事准备走过小溪与小鹿相拥的时候，她听到了一声枪响。她急忙冲出门外，看见父亲一手拎着猎枪，一手提着小鹿走了回来。父亲得意地说："小鹿是大补，你吃了病就会好了。"她听了，才明白小鹿是为自己而死的。顿时，她的病又犯了，一口鲜血喷洒而出，就如血红的夕阳铺洒在小鹿的身上，夺目而惊心……

老张的土地

老张人在城里挤来挤去，他的魂却在乡下游荡。

他喜欢乡下长满树木的大山，喜欢那清凌凌的河水，喜欢那撒下一把种子就有一份收获的土地。

乡下多好呀，不说女人在世时的好日子了，就是女人死后的那段日子，他拥有了土地，那段日子也是不错的日子呢。

那段日子里虽是一个人，老张却把那一片冷清的土地种得赤橙黄绿热热闹闹，把一个人的日子也过得红红火火，让人好生羡慕。

进门一把火，出门一把锁，一个人的日子终是有一点儿孤单。儿子孝顺，琢磨给他找一个老伴。媒婆子给他介绍了好几个老太太，有的条件真的很好呢，老张私底下也曾想有一个知冷知热的老伴，这会儿他愣是不答应。后来儿子还亲自给他说媒，他更是不能答应。他想，我可不能给儿子丢脸。老张是个老农民，他觉得再婚是件给儿子丢脸的事。

那么老农民的荣耀是什么呢？老张说是种地，种得一地的好庄稼。

老张把那冷清的土地种得热热闹闹红红火火。他不仅不要儿子照料，卖了粮食蔬菜，还能补贴儿子的家用。儿子负担重，能帮衬一点儿就帮衬一点儿吧。谁想一夜之间，老张的土地被征了，老张的房子被征了，孤单的老张不得不挤进城里，和儿子生活在一起。

那段日子真是难为了老张。

在乡下，老张喜欢抽大叶子旱烟，在农村老家吃得满屋子生香。可在儿子家，吃得儿媳妇咳嗽，小孙子流泪，老张只好咬着牙把烟戒了。在乡下，老张习惯了端着饭碗进东家去西家，可看见对门严实的铁门，老张也学会了关紧自家的大门。在乡下，老张喜欢喊上几个人一起吆喝着吃肉喝酒，如今他也学会了一个人一杯一杯地细品慢尝。

老张努力地习惯城里的生活，老张尽力想做一个城里人。可总有些习惯他改不了。老张不糟蹋粮食，剩下的饭即便是坏了，他也要热一热自己吃了。老张讲卫生喜欢到外面的公厕，因为公厕的粪便定期会运送到郊外的菜地里，肥了那一片土地。

老张最改不了的，还是对土地的热爱。

老张不明白公园平展展的土地为什么不种庄稼，而是种满了草？老张就偷偷地把自己从农村带来的种子撒在空地上，谁想到遭到园丁的责罚。老张又偷偷地把种子埋在小区的花草间，却把保安招进儿子的家。老张有说不尽的委屈，满肚子的不高兴，老张没有说理的地方。

老张闲得慌，儿子担心他有什么事，想给老张找一点儿事情干。儿子是个小领导了，找件事情真不是难事。可老张说："我是农民，能干什么？就是能种地，你能找一块地让我种我就去。"儿子说："找什么工作都行，就是不干工作拿一份工资都可以，就是种地办不到。"

老张说："我只想种地。"

儿子找不来土地，老张自己找了几块地。老张买了几个花盆放在阳台上，再到乡下背回来几袋子土，老张就有了几块地。老张在那几块地里撒上辣椒籽，撒上黄瓜籽，撒上白菜籽，一天几十遍地守着盆子催促种子发芽。种子发了芽，他又催促小芽快快长大。可是土太瘦了，那些小苗瘦弱不堪，跟不上老张的期盼。

老张弄回来一些肥料，那些小苗立马变了样，根儿壮了，叶儿绿了，花儿也红了。老张计划再弄几盆地呢，谁想那肥料的气味招来了蚊子。蚊子飞进了客厅，飞进了厨房，让人不得安闲。更可气的是那些蚊子不仅喜欢臭气香气，也喜欢女人的内衣，把儿媳妇白色的内衣弄得斑斑点点。儿媳妇虽然没有说什么，羞得老张恨不能钻进花盆里。

老张的地又没了。老张也曾想回到乡下找一块地，又怕伤了儿子的脸面，只好将就在城里，心思却在遥远的乡下。

后来呢，我就认识了老张。

那时，老张已经忙活起来了，吃饭都没有心思，放下碗就心急火燎跑得不见了踪影，弄得儿子儿媳以为他有了相好的。

其实，老张是找了一个活儿。

老张的活儿就是照料我家隔壁一个瘫痪了的老人。那老人身边的事情很多，吃喝拉撒睡，样样都得老张操心，而且老人极难伺候，把老张指挥得忙忙乎乎。老张不怕苦，依然是急急火火地忙。

我问他一月挣多少钱。我知道以前老人的雇工工资都是很高的，抵得上老张一年种地的收入。

老张说："没有钱。"

老张还说："连饭都不管。"

我一怔："那你，为了啥？"

老张愣怔了一下，极不好意思地说："为了地。"

老张说："他家的院子里有一块地，我可以在地里种庄稼。"

老张还说："只要有地种，让我做啥我都干。"

说着，老张把我领到那块地里。那是一块荒芜多年的土地，在老张的照料下，如今是葳蕤茂盛一片葱茏，看在眼里让人满心欢喜。

老王的庄稼

老王一脸得意地说:“等麦子收了,儿子让我去州城里住呢。”

到州城好呀，村里的人好多连县城都没有去过，更别说州城。州城的繁华他们想象不出，可村里的人知道老王的儿子在州城工作。老王到了州城就可以安心享福了。

老王种了一辈子庄稼，也该好好享福了，庄稼哪有种完的时候。

老王喜欢种庄稼，他是个把庄稼当作花来养的人。就说种麦子吧，一般人撒下麦种后，雇一个牛工把地犁一遍就行了。可老王不，老王种麦子时，先把地深耕一遍，晾上两天，然后再耙一遍，把土坷垃耙碎耙平，把草根树皮扒出来，再弄出细密的小沟撒上种子，然后铺上底肥，又覆一层土，老王的麦子才算种完了。

土地是懂得知恩图报的，老王的麦子种得细心，老王地里的麦苗齐扎扎生得旺盛。一行行一道道的麦子晒着温暖的太阳，吮吸着充足的水肥，使劲儿往高里长、往壮里长，盖过了旁边所有地里的麦子。那收获自然是超过别人家所有的土地。有了粮食也有了钱，得来的钱又送孩子去读书。孩子也争气，一个个都走出了山沟沟，走进了城市，过上了好日子，都盼着老王去过好日子呢。

可是，一茬茬的庄稼却拉扯着老王的腿。看眼前地里的麦子，那真是长得好呀。麦秆站得直溜溜，麦穗子沉甸甸的，暖风吹过，一浪一浪的麦香扑面而来，让人心醉神迷，谁能放得下呢？老王更是舍不得，每天都在地头上守着，等待着麦子成熟，等待着颗粒归藏，等待着儿子回来接他到州城里享福。

麦子终于黄了，也收进了仓里，也吃了用新麦子擀的面，吃了新麦子做的馍，儿子也从州城里赶了回来，老王也该到州城里享清福了吧。老王看了看金灿灿的麦茬地，老王反悔了，老王又不愿意进城了。老王抓一把肥沃的黄土，老王放不下自己的土地了。他说，让我再种一茬苞谷就进城吧。

老王是种庄稼的高手，每一样庄稼都有自己的套路。苞谷是粗粮，也可以粗放种植的，种在麦茬地里都行。而老王不，老王雇来牛工把麦茬地深耕一遍，晾晒两天，再把土坷垃耙碎耙平，又挖一道深深的沟，放上一层农家肥，再起垄，然后播种。

土地是讲良心的，一场雨过后，老王地里的苞谷一眨眼就露出了头，然后就呼呼往壮里长、往高里长。老王忙着锄草，忙着施肥，小心地防虫害。有了他的照料，老王的苞谷憋着劲儿地长。三夏酷暑的当头，苞谷开了花，苞谷棒子跟着吐出了红胡子。老王看着丰收在望的苞谷，心里好生高兴。更高兴的是姑娘打电话让他进省城里享清福。

老王又说，等苞谷收了，闺女让进省城里住呢。

省城多好呀，村里除了村主任去省城治过病，不知道还有谁进过省城。老王的闺女大学毕业分在了省城，老王在省城算是有了根了。老王苦了大半辈子了，也该进省城享享福了。

种地本是一件辛苦的事情，老王又那么认真，真的是吃够了苦。可老王不觉得苦，老王喜欢收获时那份幸福的感觉。好比对待儿女，好多人把该读书的孩子赶进了田里，他却咬着牙让儿女读书。那份苦过去就过去了，可孩子们也都有了一份好工作，他也有了进城享福的福气。他也真的打算苞谷收了，进城到闺女的省城享几天清福。

桂花飘香的季节，苞谷熟了，苞谷地里的黄豆也熟了。吃了新苞谷，吃了新黄豆，闺女也开着一辆新车回家，接他到城里享受新生活。可他又反悔了，老王让老伴和女儿一起进了城。

老王舍得老伴，却舍不得自己的土地。

那真是一块宝地呀。那块地不仅生长小麦，生长苞谷，生长黄豆，也生长蔬菜。那块地从来没有亏待过他，只要他撒一把种子，地就会带来收获。老王想想那些年孩子小，要不是那块地，哪有孩子们的好日子。

一旦离开，地就会荒了。地荒了，地就废了，那就太对不起那块地了。那么好的地怎么能让它废了呢？一年又一年，老王一次次地答应进城，可他一茬又一茬地在那土地上种着庄稼，终于把自己也种成了一棵庄稼了。

成了庄稼的老王离得开老伴，却离不开自己的土地。老王的儿子找到我，想让我劝说老王离开那块土地，到城里去享受幸福生活。

老王说:“我是一棵庄稼，庄稼怎么能离开自己的土地呢？”

老王振振有词。

老赵的麦田

老赵的麦子终于黄了，眼前是金灿灿一片。浓浓的麦香冲破重重的水泥气息，在老赵的胸腔肆意地冲撞，老赵的脸上是说不出的悲伤。

为了这块麦田，老赵把人都得罪完了。

城市是只贪吃的狼，要吃掉老赵的村子，村委会把村子的一切都卖了。老赵的麦田也被卖了。老赵不答应，老赵任凭村干部磨烂嘴皮子，也不愿让出自己的土地，而且不顾劝说地在地里种下了一茬麦子，他想用一地的麦子来阻挡拆迁的步伐。那又有什么用呢？土地是集体的，老百姓是做不了主的，村主任还是带着挖掘机“轰隆隆”开往麦田。谁想老赵却不知死活地钻进挖掘机的轮下，愣是不让挖掘机进地。

老板见多识广，以为老赵讹钱，拿来了大把大把的钱。那些钱够老赵盖三间大瓦房，也够买老赵种了一辈子的麦子呢。村里人眼红得不得了，都劝他见好就收。老赵还是不答应。有人不明白一向和善的老赵怎么会是这样，还有人骂他心重得像是吃了秤砣。老赵依然不管不顾，还是躺在轮子下面不出来。

还是镇上的镇长出面，当了一辈子顺民的老赵才松了口，答应让出自己的土地。老赵也不要老板的青苗补偿，老赵的条件是等到夏天麦子黄了，他要收回自己那一季的麦子。

老赵说："这也许是我这辈子能收获的最后一季麦子了。"

老赵舍不得那一季的好麦子。

老赵是种庄稼的好手。只要有土，他就会撒下一把种子，或苞谷，或麦子，或黄豆，种下就是生机一片，眼红得让人恨不能挖了砍了拔了，却又让人喜欢得下不了手。就说老赵那一地的麦子吧，真是一地的好麦子呀，绿油油，齐壮壮，看一眼就会想到黄亮亮的麦粒，白乎乎的蒸馍，筋道道的捞面，让人忍不住咽口水。

镇长也舍不得。可拆迁是有时限的，镇长说了拆迁的好处，又说让开发商多给一些补助，或是给弄一套房，把那地让了吧。镇长语重心长地说了许多许多，老赵只有一句话："我舍不得那一地的麦子。"

镇长讪讪地走了，村干部来了。村里的干部也舍不得那块地里的麦子，可村干部是签了合同的。村干部先是说好话，加钱，高得村干部都不好意思开口了，老赵不吭声。后来村干部就上

“炮弹”，一条条地上，老赵还是一句话：“我舍不得那一地的好麦子。”

村干部愤愤地走了，老赵的亲戚来了。亲戚也舍不得那块麦子，可亲戚更关心老赵的日子。亲戚知道老赵是一根筋，亲戚就帮老赵算账。一笔一笔地算，算到最后，亲戚说一根麦草都值两块钱呢，老赵还是咬住那句话：“我舍不得那一地的麦子。”

亲戚不高兴地走了，老赵在城里打工的儿子回来了。儿子不喜欢种地，初中毕业就去了南方打工，打了几年都是穷光蛋，混得远不如他这个种地的，臊得几年都不好意思回家。老赵不明白儿子为什么舍不得回家，不明白为什么还有那么多人往城里赶。

儿子不喜欢种地，也不喜欢地里的麦子，儿子喜欢地里麦子换来的钱。儿子逼着老赵让了土地好去领钱。儿子说，拿了钱可以在城里买房，可以在城里开店，可以买车，还可以给老赵娶一个儿媳妇生一个孙子。任凭儿子说得天花乱坠，老赵就是不答应。儿子急了，就和他吵、和他闹，而且嚷嚷道要把地里的麦子割了去喂牛。儿子浑，老赵不胜其烦，老赵只好把卖房的钱都给了儿子，把儿子赶进了城里。

老赵好容易保住了那一地的好麦子。他和老伴就在麦田的尽头搭了一个窝棚，守护着那一地的麦子。晴天里，老赵忙着给麦子拔草，杀虫，施肥；雨天了，就看麦子洗澡，喝水。

四周的拆迁工程已经开始了，村里的人高兴得呼呼呼，麦田边的老赵呢，心里是一片宁静，安心地等待着一田的麦子。

麦子终于黄了，该割麦子了。镇长来了，村上的干部来了，老赵的邻居亲戚也来了，他们想看看老赵的麦田，想看老赵的麦田收割的是金子，还是银子。

早先的挖掘机也来了，等着老赵收完了麦子，好在那块地里种上一座楼，或是一个厂房，或是一个街道。

谁想到，老赵只割了三把麦子就离开了，挥手让挖掘机开进了麦田。

挖掘机呢，好像对麦田有仇一般，老赵的手还没有放下，就“轰隆隆”冲进了麦田。立马，麦田便是一片狼藉。片刻之间，麦田就没了。

那天，我恰好在村里，我想问问老赵为什么要那样。

老赵说：“想留个念想。”

我说：“留什么念想？”

老赵叹息一声，然后领着他的老伴头也不回地走了。

老赵去了远离城市的乡下。

那里，有老赵喜欢的麦田。

哑巴的酒

吃完腊八节的粥，哑巴又开始吊酒了。

哑巴吊酒的日子都是在吃了腊八粥以后。没有人知道为什么，问哑巴，哑巴只是呜呜啦啦地笑，谁也不明白他说的是什么意思。不过，哑巴吊的酒真是好，酒色清亮，入口醇和，喝进胃里不上火、不起痰、不痛头。问哑巴有啥子诀窍，哑巴还是呜呜啦啦地笑，人们依然弄不明白他说的是什么意思。

哑巴是吊酒的把式。不说麦子、苞谷、红薯了，他还会用洋芋、苞谷秸秆吊酒，甚至连山上挖出的蕨根、葛根都能酿出好酒来。哑巴最擅长的还是吊甘蔗酒。哑巴吊的甘蔗酒有瓶子酒的清亮，有麦子酒的绵香，有苞谷酒的筋道，自然还有甘蔗酒的甘甜。他接的酒还长，别人一甑子甘蔗能接十斤酒，他能接十五斤，酒劲儿不减。

村里人不知道哑巴在哪里学来的好手艺。

哑巴是外地来的。

哑巴来的那年冬天特别冷，天地间白茫茫一片，连小河的水也冻实了。早起的谭大爷到河边破冰挑水时，发现河边的雪地上倒着一个人。谭大爷撂了水桶跑过去，看到一个十五六岁半大不小的孩子，嘴脸青紫，手脚冰凉，呼吸微弱。谭大爷急忙喊人把他抬进屋里放在床上，几个人一起用雪给哑巴擦身子，直擦得全身发红体温回还，嘴唇的青紫慢慢褪去，那小子才张开了嘴。

张开了嘴巴却不会说话，是个哑巴。

哑巴是哪里人，无人知道；为啥流落到这里，也无法知晓。谭大爷无儿无女又无老伴，就把哑巴收留了，权当自己捡了一个儿子。谭大爷给他买衣服买鞋子，做床置被子，教他种庄稼、做家务，还打算给他找媳妇。哑巴记得谭大爷的好，家里家外的重活抢着干，种庄稼也是一把好手。两个人的日子过得有模有样，都说谭大爷好人有好报。

哑巴也记得村里人的好。村里哪家需要劳力了，哑巴就去了。哑巴心细，活儿做得好，就连下雨的日子哑巴也不得闲，要么帮人割牛草，要么帮人推大磨，随叫随到。哑巴的活儿干得好，还不要工钱，哑巴修来了好人缘。待到谭大爷去世的时候，村里人都来帮忙，把谭大爷的后事办得风风光光。

谭大爷死后，哑巴成了大家的儿子，东家进西家出，哪家有活儿就往哪家去，一天忙得不得了。饭呢，基本都在别人家吃。村里人厚道，即便是不让他干活，也常常喊他去吃饭。谁家也不差那一把米，也就是加一双筷子加一个碗的事。

还有人操心着给哑巴介绍媳妇。可村子太穷了，健全人娶个媳妇都难，就别说一个哑巴了。那总得帮哑巴一把吧，几个人一商议，就把哑巴的房子重新收拾了一遍。哑巴的房子立马变得高大亮堂窗明几净了，哑巴高兴得呜呜啦啦直叫唤。

那年新麦子下场，哑巴种下了一地的甘蔗。吃了腊八节的粥，哑巴开始吊酒。吊了三天三夜，满村子飘着酒香。哑巴不喝酒，家里又不过事，吊酒干什么呢？村里人疑惑不解时，哑巴端了一碗酒去敬谭大爷。正叹息哑巴孝顺呢，敬罢谭大爷的哑巴进门来了——哑巴送酒来了。哑巴给村里人每一户都送了一罐酒。哑巴的酒清冽醇香，甘甜绵长，喝进嘴里，醉在心头。村里人明白了哑巴的心意，却不知道哑巴在哪里学来的好手艺。谭大爷不会吊酒，哑巴有口不会说。

以后每年，村里人懒得吊酒了。吃了腊八节的粥，就盼哑巴吊酒。哑巴吊酒的场面很热闹，男人女人都来了。男人品美酒，女人就用吊酒的热水洗被子、洗衣服。男人喝得红光满面，女人也把被子衣服洗得干干净净。哑巴更是高兴得不得了，满院子都是欢声笑语。

吃了腊八粥，哑巴又开始吊酒了。今年看吊酒的人少多了，村里好多人家都搬到了城里，有的还搬进了省城，村子几乎空了，留下的多是老人和特别穷的人家。场面虽不热闹，酒却出奇的好，远远闻着就醉了。吊完了酒，哑巴恭恭敬敬地敬了谭大爷，又给留下的人家送了酒。然后，他把酒全部装进塑料壶，准备送给搬进城里的村里人。

哑巴挑着美酒进城了。村里的人眼红得不得了，都说哑巴这回可以见见大世面了，那些搬到城里的人家说不定会怎么招待哑巴呢。

谁想到呢，哑巴第二天下午就回来了，挑出去的酒又挑了回来。是找不着路，还是进不了小区的门？抑或是……哑巴说不清，村里的老人猜不出。但见哑巴把酒摆在村口，每户一篓，还点燃一把香，像敬谭大爷一般，呜呜啦啦叫喊一番。然后，哑巴抡起扁担，把一个个酒篓砸破，清凌凌的酒立马泼洒在地上，倏地就没了，而乡村的夜空中却弥漫着浓浓的酒香。

林叔的牛

林叔早该进城到儿子家享福了，可他的牛扯住了他的腿，揪着他的心，生生把他从城里捞了回来，栽在了村里不得挪窝。村里人都替林叔叫屈，说，要是没有那牛就好了。

可是，谁懂得林叔的心事呢？

进城真是享福呀，楼上楼下电灯电话不说，大电视小电影白米细面好菜好酒也不说，就说上厕所吧，连屁股都不用自己擦，有热水有热风，真舒服。不过这种舒服勤劳了一辈子的林叔不习惯，觉得这样活着就像个死人一样，心里憋屈得慌。

林叔喜欢乡下的日子，吃水看得见河，烧柴看得见山，做饭看得见烟火，炒猪肉能炒出半碗油，就连吐口痰也能引来一群鸡。城里能看见啥？水没得个来路，火没有个出处，白亮亮的米闻不到香味，炒盘五花肉还得用半碗油，真是活见鬼了。

特别是城里那些人，脸吊得像是牌桌上四条腿的二条，眼睛长在头顶还望着天上，就像你借了他家的陈大麦还他的是老鼠屎，想起来让人心里都不舒服。

所以，儿子早让他进城去住，他咋都不去。为了不去儿子家，他给儿子出了好多的难题。他说他吃不惯煤气灶做的饭，儿子给他搭了一个柴火灶；他说城里的猪肉不好吃，儿子周末带他去村里买黑猪肉买土鸡蛋；他说超市的米没有米香，儿子回老家买了稻谷用碓舂米。儿子孝顺，他说要什么，儿子就满足什么，儿子想把他留在城里，让吃了半辈子苦的他好好享几年清福。他也知道儿子的孝心，可他就是不愿意住在城里，他喜欢待在自己劳作了一辈子的乡村，种着几亩薄地，心里才踏实。

为这，他咬牙又给儿子出了一道难题：他说身体寒气重，他想回乡下睡大炕。儿子呢，立马请人在他的卧室里盘了一盘大炕。那是怎么的一盘大炕呀，里面用土坯垒就，外面贴上瓷砖，就像是外国电影里的壁炉，还能烧柴禾梓子。干干净净洋洋气气，却缺少那种烟熏火燎的气味，林叔心里老大不满意。林叔看看儿子祈求的神态，叹息一声，真不忍心再为难儿子，打算用过几年苦日子的心在儿子家养老。

谁想到，那牛又把他捞出了苦海。

那牛在他进城前就安排好了。本来是两头，他把它们都送给他侄子，条件是要把牛养好，不准卖，不准杀，牛工所得的收入都归侄子。村里已经没有其他的牛了，牛工早就涨价了，一个牛工抵得住三个人工，那牛是很挣钱的呢。可惜的是侄子接手还没有两个月，村里有人买了两个小铁牛回来，铁牛犁地深不说，还犁得快，再没有人请牛工犁地了，那两头牛反而成了侄子的累赘。侄子找到城里，要把两头牛还给他，他立马有了回家的理由。

这回，儿子没有反对。

牛对他们家是有恩的。

他们家的第一头牛是包产到户那年来的，第二年就得了第二头牛。林叔人勤快，牛也争气，老牛帮他挣工钱维持家用不说，三两年还下一头小牛犊；三五年，牛犊长大又是一笔不小的财富。因为牛，林叔才盖得起房子，供得起儿子上大学，就连儿子大学毕业创业的资本也是林叔卖牛所得。儿子虽然想尽办法把他留在城里，可遇上了牛，儿子一句话不多说，把他送回了乡下。

从此，林叔又专心照顾起他的牛来。

林叔的牛膘肥体壮，每根毛发都光泽耀眼，展示着牛的健壮，可还是没有人找林叔犁地。人家嫌麻烦，地没有铁牛犁得好不说，还难得招待——人要吃，牛也要吃，吃不好都是问题。林叔提出给人家免费犁地，不管吃不管喝，还是没有人请，没人想欠他的那份人情。林叔气得只好朝自己的地出气，一遍遍一遍遍地犁，直把几亩薄地犁得松软如同沙滩，连根草都没有时间长，林叔还是套上牛去犁。林叔想，农村咋能没有牛犁地呢？

除了林叔，村里真的没有人用牛犁地了。林叔眼看着大片大片的土地变成水泥地，水泥地里又长出成群的楼房。河坝也变成了水泥路，还勾引来好多疯狂的汽车，林叔担心起自己的牛来了。林叔的牛每天都要穿过公路去河边喝水。

林叔的担心变成了现实——一辆疯狂的汽车撞死了他一头牛。撞牛的车主是一个大老板，大老板掏出一大把票子，足够他买几头好牛的。而林叔一分钱都没有要，只是要求老板把死牛送到自己的地里，给牛堆了一座高高的墓。看着那墓，林叔泪眼婆娑，竟比老伴死时都伤心。

只有一头牛，地是不能犁了，林叔也没了再买一头牛犁地的心情，每天专心放牛。村里的土地越来越少，楼房越来越多，繁华得快赶上城里了。好在山上的撂荒地越来越多，林叔就把牛赶到山上的荒地里。苍茫的荒地里于是就有了一头牛，还有一个放牛人，书写着乡村的记忆。

老吴的心结

办好移民签证后，老吴的心结竟然越来越重，让他心绪不宁，让他六神无主。他想，那就回故乡去看看吧。

老吴为自己的想法吓了一跳，怎么会呢？老吴穷其一生，就是要远离那个叫故乡的地方。出国在即再也不打算回来了，怎么想到要回贫瘠落后的故乡呢？

故乡真是一个穷山恶水的地方。

童年时应该是有过快乐的，有雪，有雨，有阳光，有广袤的林子，林子里还有野果子，有野鸡，有小鹿，有狐媚子的传说。可惜那些快乐很快过去了，一俟上学，漫长崎岖的山路，让雪呀雨呀阳光呀，都变得那么讨厌、那么不堪忍受，野鸡呀小鹿呀狐媚子呀都成了恐惧、痛苦的源泉。山沟以外的川道成了他最为向往的地方。

他问母亲：“我们怎么不住在川道里呢？”

母亲说：“我们的户口在这里，我们只能住在这里。”

他又问：“我们怎么才能搬到川道里呢？”

母亲说：“你要好好读书。书读好了，你想搬到哪里都可以。”

自此，他有了一个心结，就是离开故乡。

他用心地读书，他想离开故乡。读书并不难，只要用心，没有掌握不了的学问。难的是生活。学校离家太远了，那份艰苦没有几个孩子能够忍受。还有穷，穷得连学费、课本费都没有，周末了他不得不去挖药材攒学费。他努力地坚持着，为的就是尽快离开那个地方。

五年过去了，他成为村子里第一个初中生。可上了中学日子更难了，吃的，穿的，用的，哪一样都要钱。老家那个地方，挣一分钱都难，父母一年的辛苦劳作维持一家温饱已经非常艰难了，真的没有多余的力量支持他了。他呢，决不放弃离开家乡的愿望，自己努力地解决学习中的一切困难。

三年过去了，他考上了师范，脱离农门吃上了“皇粮”。父母高兴得杀了一头猪，让满村子的人吃美喝美。只待他三年后毕业，好搬到川道里，享几年清福。父母也害怕了那大山深沟。

又是三年，他终于毕业了，回到山下的镇中学当了一名教师，父母也告别大山，搬到了梦寐以求的川道里安了家。回头看山，山是那么高，路是那么陡。现在呢，终于可以不爬那么高的山了，也不走那么艰难的山路了。

新鲜劲儿刚过去，他发现川道的不好了。心里的结似乎更大了。这哪是川道呀，这里比老家的山沟只是略宽一点儿，只是山沟边多了两道窄窄的台地，台地边的山还是那么的高，路还是那么陡。望望那咄咄逼人的山，他心里不免有些失望了。

他想搬到一个离山更远的地方去。

后来，他把家搬进了县城，接着又搬进了州城。无论走到哪里，内心的结始终郁郁不散。因此，一有机会，他就搬家，他喜欢把家搬到离老家、离故乡更远更远的地方，以图彻底解开那个结。

如今呢，他成了老吴，他已是这个南方大都市一个举足轻重的企业家了。他不仅南方有家、北京有家，而且海南有家、哈尔滨有家。他不仅在国内置有房产，还在加拿大、澳大利亚、法国、瑞士，都有自己叫家的房子，他常常领着家人在那些家休闲度假。随着季节的变换，或在生意闲暇时，他会携着家人到这些家中休闲度假。

可老吴唯独在自己走过的地方没有留下一个可以叫家的房子。原来的省城没有，州城没有，县城没有，老家的镇子和山沟里更没有。在那些地方，他留有很好的声誉，但他还是希望离故乡越远越好。他甚至不曾想过回故乡去看看。

现在呢，终于办好签证，老吴计划把家搬到一个遥远的国度。

老吴最想做的，就是离故乡越远越好。

谁想真到了这一天，故乡却让他如此思念。老吴的心结也越来越沉重，重得让他喘不过气来。他不得不抛开手里的工作，急切地回到那个一心想远离的故乡。

老吴终于回到那片阔别三十年的故土。站在那片贫穷而又熟悉的土地上，呼吸着故乡的气息，老吴虔诚地跪下去，热泪双流，心结豁然解开。老吴忽然明白，自己穷其一生希望远离的故乡，才是自己孜孜追求的安妥灵魂的圣地。

爷爷的村庄

回忆着爷爷的讲述，柳城终于走进了爷爷的村庄。

爷爷的村庄有一条叫月河的小河。

爷爷说，那河真的是美呀。河边是一棵棵的大柳树，枝繁叶茂，缥缥缈缈，引来无数的知了，还有数不清的鸟。年少的爷爷和小伙伴们上树捉知了，在枝头摸鸟蛋。倦了累了，他们就把柳枝缠绕在一起，做成一个柳条笼子，躲在里面睡觉。一觉醒来，最喜欢的，就是跳进树下的深潭去洗澡；又喜又怕的是邻家的新媳妇在水潭里洗澡，那白的屁股、细的腰身、圆的……让人心慌口跳满脸发烫。

河里的水清凌凌、凉悠悠，落在水里都不愿意出来。游泳，打水仗，扎猛子，或者把小伙伴的头硬摁进水里，喝几口冷水，心里好生畅快。冻得肚子有些疼了，就趴在滚热的石头上暖肚子，一个个的孩子就像一条条鱼趴在石头上。

最喜欢的还是河里的鱼儿。对付那些无鳞的小鱼，用一个小竹篓装一些麦草，放进水里，过一会儿捞起来，篓里就会有半篓子的鱼儿；最傻的是那种黑身红斑、长着红尾巴的钢鳅儿，弄一截柳条儿就能哄进碗里；还有春天里，鱼洞会有数不尽的大鱼流出，用筛子堵水口子，片刻就是满满一背篓。

爷爷说，那山是宝山，啥都有。有四季吃不完的野果子，还有好多好多的药材，拾到篮子里就是钱。村里孩子的书本、学费，还有身上的新衣服，脚底下的凉鞋，都是自己在山上弄回来的。哪像城里，撒一泡尿，还要掏一块钱，比一斤麦子都金贵。

山里还有豹子，有狼，有狐狸，这些东西怕人的，人几乎看不见。他们喜欢松鼠，喜欢野兔，还有林麝，但这东西都是狡猾的动物，他们收拾不住。他们喜欢那种傻乎乎的麂鹿，遇上惊吓，喜欢把脑袋扎进石缝里。他们砍柴的时候，曾经活捉过一只麂鹿卖给代销店会打算盘戴着眼镜的小老头，买了向往已久的一个黄挎包。

爷爷说，村庄的地也好。别看那地不平，可是土肉厚，保墒保肥，撒下一把种子，啥都长呢。爷爷说自己是种粮食的好手，不惜力气，种的麦子、苞谷、黄豆、洋芋、红苕，年年都是村里长得最好的，收成也是最多的。用那些粮食做出的饭是最香的；用那些粮食酿出的酒是最纯的，喝醉了头也不痛。

爷爷说自己有一身的好力气，又种得一手的好庄稼，村子里的好姑娘眼珠子围着爷爷转悠。爷爷呢，左挑右选，看上了十里八乡最俊的姑娘。爷爷正熬煎请谁去说媒呢，那姑娘的父亲看了看爷爷地里的庄稼，亲自把姑娘送上了门，那姑娘就成了他奶奶。

爷爷奶奶成了亲，爷爷的日子越发地红火。他们一起下地种庄稼，一起上山挖药换钱，得了空不是唱花鼓戏，就是唱姐儿歌，把日子唱得甜蜜蜜的。后来，爸爸出生了，姑姑出生了，奶奶顾不得下地上山了，就养猪，在房前屋后种药材。爷爷呢，干活的劲头更足了，河里、山里、地里，爷爷有好多挣钱的路子。爷爷奶奶就用那些钱把爸爸、姑姑送进了大学，送进外省的大城市。

爷爷说，忙碌了大半辈子，他们也老了，他们依然喜欢自己的村庄。村里人情长，门上连锁都不用上，用一节小木棍别着，找东西了自己动手；有了红白喜事，家家出力流汗跟着乐呵。乐呵完了，就到学校的门口听人吹牛，或者爬上后山看看炊烟袅袅的村庄。

爷爷说，待在自己的村庄，心是踏实的、暖暖的。

可父亲生生是把爷爷奶奶接进了外省的这座城市。

从此，爷爷再也没有回过自己的村庄。

爷爷的村庄住进了爷爷的梦里。

爷爷的村庄也融在自己的记忆里。

爷爷日益老去，爷爷唯一的愿望就是让他带爷爷去看看自己的村庄。

可柳城一直借口很忙。

而今，爷爷去世了，柳城满怀愧疚地带着爷爷的遗像回到爷爷的村庄。

可惜，他看见的只是一座高架桥和几座楼房。

小河消失了，柳林不见了。

村口的皂角树也没了踪影。

吹牛的人也早散了。

爱喝酒的老村主任和会打算盘的小老头也不知去向。

爷爷虽然还在相框里乐呵呵地笑着，可爷爷的村庄再也不见了。

柳城喊了一声“爷爷”，倏地泪流满面。

唱戏的老童

老童很小的时候就喜欢唱花鼓戏。

他十岁那年考进了县花鼓剧团的学员班。那时的他眉目清秀、唇红齿白，让人十分地爱怜，老师让他学了小生、武生，偶尔也练练旦角。他很聪明，唱、念、做、打一点就通，一末带十杂样样都不怯。十二岁学员班结业，他因演《双下山》中的小沙弥一夜成名，成为县剧团里的台柱子。到了十六岁，他成了一个玉面晶睛人见人爱的帅小伙，导演再也不忍心让他演丑角或是老生了，专门演小生，或者武生。演《拾玉镯》里的傅朋、《西厢记》里的张生，他风流潇洒、文质彬彬；演《长坂坡》里的赵子龙、《借东风》中周瑜，他功架优美、稳重、端庄，还武功卓绝，看得人酣畅淋漓、满心欢喜。

一时间，小县城的女孩子有事没事都爱到剧院前的街道转悠，希望一睹他的风采。谁想到他面皮子薄，不说社会上的女孩子，就是和剧团里的女同学多说几句话，他都会脸红。记得一次和一个女演员排练一段托举动作，他一只手不小心滑在女演员的胸部，女演员还没有怎么样，他羞得满脸绯红不说，而且还哭了起来。

他最出名的戏应该是《刘海戏金蟾》，那也是县剧团最为风光的时候，他无论是扮相还是唱功，真可谓炉火纯青没有半点儿挑剔，一时间迷惑了多少人呀。记得倒流河一女孩为了看他扮演的刘海，硬是陪着剧团跑遍全县五十八个公社；那年在州城剧团连续演出六十六场，有个小姑娘硬是连看了六十六场。

那时他真的是红呀，省内外各地演出，电视录像，广播录音。后来，还当上县人大常委，省人大代表，组织让他担任文化局副局长他都不干，四处奔走，四处会演，各种奖励数不胜数，真是红透了半边天。他娶了妻，生了子，小日子也过得红红火火，让人很是羡慕。

可惜，那段日子很短，几经折腾，剧团竟然不行了。剧团的演员大多改了行，或者到了大剧团。也有大剧团要他加盟，可那剧团唱的是秦腔，他舍不得自己喜欢的花鼓戏，痴迷地坚守着。他们也想着法子变换形式唱，终究是曲高和寡。生活实在难以为继，也想改行做其他的工作，领导不答应了，说他是个人才，说什么也不能放他。

后来，妻子也下岗了，孩子小，剧团又没有了工资，家里生活实在是过不下去了。他不得不去打工谋生，贩卖西瓜，卖扎啤，当小工，也只能维持一家人的一日三餐。他依旧害羞，做这些时还戴着一个遮阳帽。也曾有发达的朋友邀请他去大地方开办歌厅或是唱歌，他终究放不下心爱的花鼓戏，依然吊在剧团这棵树上，不死不活地等待着戏剧来个咸鱼大翻身。

那时，我已经到了文化馆，常常看见他戴着遮阳帽风风火火地忙碌着艰辛的生计。忙完了就喝酒，喝多了就唱花鼓戏。他唱得真好呀，能够赢来阵阵掌声，就是赢不来钱。有时，他也用花鼓戏演唱其他剧种中的名家名段，让人很是喜欢。我印象最深的是他用花鼓戏的韵白背《茶馆》王疯子的台词："改良啊！改良！一辈子也没忘了改良，老怕落在人家后头。卖茶不行啊，开公寓。公寓没了，添评书！评书也不叫座儿呀，好，我不怕丢人，想添女招待！人总得活下去！我变尽了方法，无非是为了活下去！没做过缺德的事，没做过伤天害理的事，我得罪了谁？谁？……那些狗男女活得有滋有味的，凭什么不许我吃窝窝头，谁出的主意？"每每听完，我都忍不住潸然泪下，而且至今也记得这段台词。

忽然有一天，听说他的日子过好了。他办了一家婚庆公司，担任婚庆公司的主持人，也在那个场合表演几个节目。那真是来钱，一场婚礼的收入常常超过剧团一场大戏的收入。他也会到红白喜事上去唱歌，也会去一些单位演一些节目。再见他的时候，穿的是琉璃皮张的，人是红光满面、膀粗腰圆、穿金戴银了，日子真的是好了。不过，他成老童了，他再也没有往日玉树临风英气逼人的气势了。

他的节目呢，自然是不值一提，做丑耍怪，极尽恶俗。他也唱花鼓戏，那清越优美的花鼓戏也被他恶搞得不成样子。我不知道害羞的老童怎么会这样，那可是他真心喜爱的花鼓戏呀。可是，他那些节目却很受欢迎，每次表演时，掌声、欢呼声不绝。而且，他时常被邀请到电视上参加节目，弄得家喻户晓，比他演刘海时还要出名，买了房，买了车，好生神气。

有了这样的能耐，一家电视台在省城选秀，县里拿钱选送他去参赛。他依旧耍怪恶搞他喜欢的花鼓戏，谁想到剧场里竟然欢声雷动，他挫败群雄力拔头筹，被确定包装送往北京，据说很有可能杀入年终决赛弄个名次。因此，当市里领导高兴地给他颁奖时，他如沐春风，高扬着奖杯挥手致意。

这时，他没想到那个曾经连看六十六场《刘海戏金蟾》的小姑娘（如今已是老妇人）冲上台，抱住了他，一边大声哭泣，一边大声地说："这是怎么了，你怎么成了这样了……"弄得老童也是潸然泪下。

后来呢，后来，老童扔了那奖杯，拒绝了邀请，关闭了婚庆公司，自己开办了一个花鼓戏培训班，一心一意地传授花鼓戏去了。

卖书的老李

空闲的时候，我喜欢到县中学门口遛遛。那里有一个书摊，我喜欢看书摊上有没有我喜欢的书，也喜欢和卖书的老李聊几句闲话。

老李好像是陕北人，抑或山东人，我记不清了，只记得老李原是邮电局的职工，说着一口外地话。几十年都没有改变他的乡音，几十年也没有改变他的行当。几十年里，他都用那外地话卖着从外地进来的花花绿绿的书。

老李卖的主要是文学书籍和杂志，什么挣钱就卖什么。从他书摊的种类，能够看出时代的流行。二十世纪八十年代是文学一统天下，间杂着一些娱乐杂志。新世纪前后，文学屈居第二，《家庭》《读者》等占据了主要的位置；而故事类的又占领了大部分，娱乐类靠了边。

认识老李的时候，我刚刚在一个乡村小学当代课教师。那时候穷呀，记得一个月拿到手的工资只有十三块五毛钱。可我却喜欢读书，一年总有几个周末，我会骑着自行车专门到县城买书。

那时候县城不大，却有十多家卖书的。有的是书报亭，有的是店铺，只有老李在县中学门口摆了一个书摊。别人家的书大多高高地摆在墙上让人仰望，只有他的书摆在那里让人挑选阅读。不过，老李很忙，在他那里买书的人很多。

老李进的书很多，杂志也很全，我总忍不住蹲在他的书摊前看起来，忙碌的他也不催促，偶尔还会把自己的小凳子让给我坐着看。坐着看书的感觉真好，就像饥饿的汉子走进了免费的餐厅，大快朵颐而不知羞惭。

太阳终归要西下，我也终归要回家。专程进城为了买书，而我又没有多少钱，每次只能买上三五本。常常是把书拿在手上，才发现钱不够。正在尴尬之际，老李操着重重的外地腔说："你先拿走吧，下次来了再补上。"其实，老李并不认识我，我也不知道下一次是什么时候来，看看他信任的目光，我不敢辜负他的好意，还是把书拿走了。路上，我听说老李卖书挣了不少钱，还买了单元楼。我默默地期盼老李挣更多的钱、卖更多的书，我有读更多好书的机会。

然而好景不长。不几年，我也来到县城工作，县城繁华了许多，高楼林立，车水马龙，可书摊已经所剩无几了。书市萎缩了，原来的报刊亭全部拆除，原来卖书的门市部要么改行卖烟酒，要么卖时装，有的甚至改作了发廊，有的改卖教辅资料，专门卖杂志和文艺书籍的只有老李一家。老李的书摊算得上县城里一道风景了。

我以为老李的生意会好起来，可老李说生意越发难了。老李原本的书摊有两张钢丝床，现在只有一张床了，文学的时代一去不复返了，娱乐杂志也江河日下，只有《读者》《故事会》还在苟延残喘。熟悉的人越来越少，主要客户是一些上学的孩子。老李显得很清闲，常常是茫然地看着街上忙忙碌碌的行人。

我也很少掏钱买书了。上班下班的时候，习惯性地到老李的书摊看看，和老李说说闲话。遇上喜欢的杂志也买一两本，老李善解人意地说："看完了就放我这里寄卖。"又给了我一个白看书的机会。

生意真的很清淡，有时候一连几天还不见老李的书摊。问及原因，老李说上级领导来检查工作，城管让他把书摊收起来。老李的书摊没有占道，他不明白为什么不准他摆书摊，我也说不明白。领导来了，他把书摊搬走了；领导走了，城管又默许他把书摊摆了出来。他们互相理解着各自的不易。

老李日渐地老了，老李的老伴也去世了，老李的孩子去了很远的地方。老李乌黑的头发变白了，挺直的腰板也佝偻了下来。老李的书摊还在坚守，他希望有更多的人来买书看。偶尔谈起二十世纪八十年代书摊的兴盛，老李一边喘一边说："不知道人们为什么不读书了。”我也不知道，只知道老李进的书越来越少，有些很好的杂志干脆也不订了。老李吃饭的时候，书摊放心地摆在那里，也没有人去拿他的书。

记不得多久没有读书了，也忘记了老李和他的书摊。忽然想起去看看老李，老李的书摊也不见了。问及熟悉的朋友，说是老李病了。期盼着老李的病能好起来，期盼着老李的书摊再摆起来。期盼了一个冬天，期盼了一个春天，也不见老李好起来，心中就有了不安。

后来，听说老李死了。听说老李死前把他的房子卖了一大笔钱，为县中学捐献了一间图书室。我不知道老李的图书室里有多少读者，却看见老李摆书摊的地方变成卖烤串的摊子了，小摊前等待吃烤串的客人排成长长的队伍。

代课的老孙

老孙最大的梦想就是当一名小学老师。

老孙也真是当老师的料。再抽象的数学概念他也会讲得深入浅出，再调皮的学生经他一调教就会醍醐灌顶，再差再烂的班级到他手里都会彻底改观。他还是一个教学多面手，语文、数学就不必说了，就连体、音、美他也样样都精通。他带的班级成绩年年都是全县第一，他也年年被破格评为县里的先进教师。

然而，他和我一样也只是一个代课老师。不说和公办教师比了，就是和民办教师比也还差着一老鼻子，一月拿着十三块五毛钱的工资，加上家家户户拼凑的三十斤毛粮，想起来都心酸。可我们还是抱着能够转正的希望，在公办教师不愿意去的地方，辛辛苦苦地干着。

那时候学校条件差，粉笔、墨水、纸张都是定量供应，咋的都不够用。老师都减少板书，少布置作业，得过且过。可他不，该写的板书一个字不少，该批的作业一点儿不马虎。一篇作文别人写个“甲”“乙”“丙”就行了，他生生是有眉批，有总批，中间的段落标点细细批阅得一点儿也不马虎。多花的钱呢，他就自己挣。

他年轻，有一身的好力气，哪里都有挣钱的路子。周末了他去山上砍柴，也给公路站砸石子，有时候也打零工，挣来的钱就买墨水、买粉笔，给学生买课外书籍。有的学生穷，他还给学生出学费、买课本、买作业本。而他身上的衣服破了补、补了破，就是舍不得买一件新衣服。那时就吵吵要辞退代课老师，有人说:“你干脆去打工，干啥子都比教书好。”他脸一红，说:“我喜欢当老师。”

他喜欢当老师，可家里人不喜欢，当个代课老师养自己都难，更不用说帮衬家里了。于是，女朋友哭哭啼啼地来到了学校，说是父母要悔婚，要把她嫁到关中平原换大苹果。女朋友希望他领着自己逃婚，而后到外地打工，怎么干也比当代课老师好。他呢，舍不得漂亮的女友，更舍不得代课老师这个名头，畏畏缩缩舍不得走。幸亏学校的校长领着他们去办了结婚证，又凑份子办了几桌酒席，生米硬是做成熟饭，戳破了父母换大苹果的希望。

他依旧在学校里教书。不过那书教得真的是窝火，领导没有办法让代课老师转正，还天天喊着要辞退代课老师。有的代课老师干脆自动辞职，也有的在学校里混日子。而他呢，依然兢兢业业干着自己喜欢的事情。令人欣慰的是，领导让他当上了教导主任，管上十多个公办教师。

当了教导主任也没用，能管公办教师还是没用，代课老师真的是没有出路了，政府明确通知代课老师一竿子辞退。代课老师都是些有文化的人，也找到了好门路，有的进了企业拿了高工资，有的开起店铺成了小老板，连我这样没出息的人，也通过招干考试成了文化站的正式干部。可老孙就是喜欢教书，舍不得手中的粉笔和那些纯朴的学生。他班级的成绩依然是全县第一，他依然年年被破格评为县里的先进教师。

有那么好的成绩依然没用，代课老师终于一竿子全部辞退了，说是他们没有接受过专业教育。谁不让他们接受专业教育？他们没有说理的地方，只好离开学校去寻找自己的归宿。这对于他来说也许是好事，干啥子都比当代课老师收入多呀。

干啥子都挣钱，干啥子都比代课老师收入高。可是他还是和学校拉拉扯扯剪不断关系。学校在乡下，条件差，新来的城里老师受不了那份苦。有老师就找他，从自己的工资里拿出很少的一部分，让他代课。他呢，高兴得像是捡了金元宝，屁颠屁颠忙得不得了，比学校的正式老师都认真。

可是，干了几天，上级领导知道了，他又被撵了，说是他没有教师证，连个临时工都干不成。这回该死心了吧，可他还是不死心，一有时间了总躲在学校的教室外面听那新来的老师讲课，有时还把那些孩子喊来给人家批改作业。妻子见了，担心他会得下精神病，就拽着他一起到山西挖煤去了。

他也真是聪明，也好学，在那遍地黑煤遍地金子的地方，十来年的光景，他从一个卖苦力的煤黑子一跃成了身家亿万的煤老板了。有了钱，好像什么都有了，市里的师范学院还送给他一个客座教授的名头，条件是让他捐一座图书楼。他呢，楼建了，客座教授的名头没有要。

他说："我那半瓶醋的水平哪配得上教授的名头，我只想回到原来的学校当一名小学老师。"可是，谁敢让这么大的老板去当小学老师呢？就连那次偷偷回家想讲一节课，外面都围满了人，让学生不得安宁，让他也不得安宁。

后来呢，我们工作过的学校被撤并了，村里的孩子要到很远很远的镇里的学校去上学。老孙听说了，就在原来的校址上开办了一座私立学校。老孙不忘他的老师梦。

新学校开学了，老孙信心满满地走上了讲台，却发现自己的脑子竟然是一片空白，精心准备的内容一下子不知道跑到什么地方去了。再精心准备一番，脑子依然是一片空白。

老孙知道，自己再也当不成老师了。

日后，老孙和我说："当个老师咋这么难呢？"

说罢，唏嘘不已，我心里也是不尽的感慨。

劁猪的老庞

每到春天，冬天里逮回来的小猪就会翻圈，羊也会跑栏，家家户户都期盼着老庞的到来。我听说猪翻圈、羊跑栏是因为发情的缘故，叫老庞干什么呢？大人说，老庞是劁匠，老庞来了猪呀羊呀就不发情了，就会安安静静地吃，安安静静地喝，安安静静地长肉。发情不发情我不管，我喜欢吃肉，我喜欢猪呀羊呀长得肥肥胖胖的，锅里碗里就会有好吃的肉。我们小孩子也盼望着老庞的到来。

老庞来了。没想到老庞是个三十多岁的汉子，清癯，儒雅，很像镇上医院看病的医生。老庞说话也很儒雅，来到门前也不进门，只是轻声喊一句："听说你家有一个活儿要做？"

这时，大人就会接过话来，说："就是，就是，等你好长时间了。"

老庞顺势坐在院子的凳子上，然后从腰间掏出一个猪腰子一般大小、一般形状的盒子。打开，我们就看见了一把铲形的刀子。这时，主人家已经把那翻圈的猪逮来了。老庞熟练地把猪踩在脚下，麻利地在猪的后腹开一个小口，接着又用刀的后柄伸进猪的腹部，拉出一节东西，回手切下来，丢给闻味而来的黄狗，最后用针线缝合了伤口，再往伤口上吐一口唾沫，脚一放松，猪就走到墙角休息去了，活儿也就结束了。整个过程不过三五分钟。

老庞做完了活儿，主人家就会端来一盆净水，他会用水洗了刀，净了手，然后就坐在凳子上抽烟。抽完了一袋烟，猪停止了叫唤，老庞拍拍屁股就走了。

老庞做活儿不拿现钱，他大多是等着秋后或者冬天猪壮了肥了甚至是卖了杀了才收钱。他这样做是为了证明自己的活儿做得干净。其间，如若主人家的猪被狼叼了或者病死了，他是不收钱的。他说是猪都没了，活儿也就没了，咋好意思收钱？可见，老庞是个厚道之人。

老庞不仅会骟猪，而且会骟羊。骟猪骟羊很简单，一般的劁匠都会。可是，老庞会骟鸡。

骟鸡也叫阉鸡，就是给公鸡去势。说白了和骟猪骟羊一样，就是给这些倒霉蛋做绝育手术。老庞骟鸡基本上都是下刀不见血，速度非常快，几秒钟就能完成。小鸡站起身，没事似的就走开了。此后，公鸡再不打架，也不和母鸡调情，整天在土里刨食照顾别人的小鸡。过年的时候，餐桌上就会有一道美味等着我们品尝。

老庞最厉害的手艺应该是骟牛了。骟牛是一件很危险的事情。试想一下，要骟的牛都是公牛，身强体壮力大无穷，而且凶蛮暴烈伤人害人，人们才骟了它，去它的势。我记得看过一次别的劁匠骟牛，那真是叫惨烈呀。还记得那个场景：饲养员趁着公牛吃料的时候，悄悄地绑住牛脚，然后四个壮劳力把牛拉倒、按住。这时，劁匠会用一个木槌用力击打牛的睾丸。在牛的挣扎和号叫声中，直至把牛的睾丸打融，才算结束。手术结束，那牛十多天都不能行走。

老庞骟牛我也见过，真的非常简单。那是老潘家的牯牛，力大性烈，不仅在路上追人伤人，而且经常撞击老潘。那次伤了老潘后，老潘就把老庞请了来。老庞虽然来了，可那牛依然烈性不改，横冲直撞。只见老庞大吼一声，那牛立马停住暴跳的蹄子。老庞走过去，拍拍牛的头，接着在牛的后背上用力拍了两巴掌。然后，老庞又从腰间掏出那个猪腰子一般大小、一般形状的盒子，取出那把铲形的刀子，极快地完成了手术。待老庞洗了刀子，净了手，老潘的牛已经能够轻快地走了。自此，那牛没了烈性，一身的蛮力都用在耕田拉磨上。问及老庞咋有这么大的难耐时，老庞说是自己有千斤掌。千斤掌是什么，没有人懂得，都知道老庞有着一身的好本事。

老庞虽然有一身好本事，走到哪里都吃香的喝辣的，可劁匠终究是个卑贱的职业，日子过得很不顺溜。你看，都三十多岁了还娶不来一个媳妇，眼看着就要打光棍了。还有人刻薄地说，这劁匠的活儿干不得了，你绝了那么多畜生的后，老天就会绝了你的后。老庞一笑，说："我是行善呢，我给那畜生做了手术，多少生命避免屠杀之苦呀！"

也许真是行善之举，也许是他为人厚道吧，老庞三十六岁那年娶了一个年轻的漂漂亮亮的老婆，第二年就给他生了个儿子，后来又给他养了一个女儿。老庞呢，也就更忙活了，忙着劁猪，忙着挣钱，忙着供孩子上学。如今呢，儿子大学毕业已经当上一家中学的校长了，有了孙子；女儿也成了家，是市里医院妇产科的大夫。

老庞呢，已经六十多了吧，日子幸福得不得了。可是他依然外出干着自己的行当。儿女老伴劝他从此歇手，他一脸幸福地说："有人等着呀。"是呀，遥远的乡下，到了春天猪翻圈、羊跑栏的时候了，家家户户依然期盼着老庞的到来。

写春联的老王

老王最喜欢的日子是腊月要过年的那段日子。要过年了，家家户户都要写几副春联，家家户户的人都必去求他老王写春联。

老王的毛笔字写得好。也说不上多好，但满村子也只有他会写毛笔字。那些平日能抓得起千斤重担的大手，拿起那管小小的毛笔，顿时像得了帕金森综合征，筛糠抖颤心发慌。只有老王，只有老王能够随心所欲地拿起那管毛笔，在红纸上行云流水一般地奔走。

乡下人虽然不识多少字，可讲究多，选对文喜欢吉利。老王的对文大都雅致吉祥，大门是“和顺一门生百福，平安二字值千金”，或者“天增岁月人增寿，春满乾坤福满门”，厨房就是“雪水烹茶天上味，桂花煮酒杯中香”。他很少跟形势，也不用“艰苦奋斗”“自力更生”什么的现代对文，村里人很是喜欢。

乡下人讲究多，他们认为写春联能够看出人来年的运气。写春联时，如果掉下一滴墨汁，预示着主人家新的一年要添丁进口；如果掉一个字或者错一个字，家里就会有什么变故。写春联的时候如果如行云流水一般顺利流畅，来年主人家就会万事顺利百般如意；反之，新年做什么都会疙瘩绊路不顺溜。因此，找老王写春联的都会提前奉上红包，三块两块、五块八块不等。收红包时老王会客气地推让一番，最后还是笑眯眯地装进自己的口袋。没有钱的人家请老王写春联会拎一捆干柴，或是一块肉，老王也会把春联写得顺顺溜溜。

也有好客的人家会把老王请到家里写。老王进门，主人家会炒上几盘热菜，烫上一壶酒。老王就在缭绕的酒香里飞舞毛笔，那份认真，那份顺利，人看着心里就舒坦。特别是老王写春联时还不停地说着一些吉庆的话语，主人家听了更是高兴得不得了。写完了春联，主人就殷勤地伺候老王喝酒。老王不胜酒力，几杯酒下去，就有些晕晕乎乎的了，拉住人家的小孩子，要教那孩子写毛笔字。主人连忙让孩子给老王敬酒，喝得老王是一脸的得意。

老王最得意的是有人请他写“香火”。那里供奉着祖宗的牌位，每一家都很重视。请他写“香火”的时候，主人都会把他请到家里，好肉好酒不说，还会奉上十块、二十块的红包。

那时候的钱很值钱的，一个大工也才五元钱的工价。老王写“香火”时要焚香净手，一脸的严肃，写得工工整整。如果有人忘记给他封红包了，老王写完“天地君亲师”后就故意悬臂不动，待主人献上红包，他才让众神归位，保佑主人家平安顺心、百般如意。

也有人不买老王的账。比如村东头的老张，见不得老王的得意劲儿，从不请老王写春联。轮着过年要贴春联的时候了，他就裁出几溜子红纸贴在门旁，然后给碗口抹一些锅灰扣在红纸上，红纸上就有了一些图案，家里也有了过节的喜气。

老王的好日子很是得意了多少年。

后来的某一年，老王忽然发现没有人请他写春联了。老王看见小卖部在卖那种印制的春联。那种春联纸张鲜亮，又没有墨汁，看起来就像墙上的年画，好看却缺少文化的味儿。但便宜，买的人很多。老王突发奇想，自己买红纸买墨汁，免费给大家写春联。可惜，还是没有人找他写。一气之下，老王跑到镇上，他看到镇上到处都是卖春联的摊子，生意异常火爆。

来年的腊月，依然没有人请他写春联。老王看看家里的红纸和墨汁，就想给它们找个人家。于是，老王背着红纸来到镇上，在镇上摆了一个写春联的摊子。他想村里人不识货，他还不相信自己写春联的手艺会没有用处了。

尽管是在镇上，找他写春联的人依然很少。除了几个怀旧的老人，难得见几个年轻的客人。倒是买印刷品的人很多，一溜一串生意红火，就连镇政府也买了大捆大捆的春联，作为福利发给了职工。老王气得牙根发凉，却毫无办法。

纸还多，老王也不死心，在那阵阵的寒风中，老王袖起双手等待请他写春联的人。

市场上的春联脱销了，老王终于等到了一个写春联的人。那是镇长，老王认识。镇政府买的春联发完了，镇政府大门还没有春联，镇长请他给镇政府大门写一副春联。

给镇政府写春联，这可是从未有过的事情，双手冰凉的老王很激动，急忙拿起毛笔。忽然，老王手里的毛笔掉了，双手筛糠抖颤。

老王脑梗死了，再也写不成春联了。

据说，那一年镇政府大门没有贴春联。

做木工活的老严

那是个黄道吉日，老严开工又给自己做“瞌睡笼”了。

我们那里的老人豁达，把死看得很轻，把死叫瞌睡，也就是中午小寐一会儿，或者夜晚的酣睡。自然地，也就把棺材叫作瞌睡笼，白天瞌睡，或者夜间酣睡的笼子，叫得温暖而有诗意。

老严就是一个做瞌睡笼的高手。

老严手艺高，不仅仅做瞌睡笼，他喜欢做仿古物件。他最得意的活儿就是复修云盖寺，他雕刻的神像活灵活现栩栩如生，他做的廊柱威武雄壮珠圆玉润，尤其是木质的榫卯斗拱、雀替、房檐、雕花窗格等物件，钩心斗角精巧细致让人赞叹不已。

可惜，做这活儿的机会太少了。好多的时候，老严只能是做普通的家具，给女人家做一个装衣服的箱子，做农家装粮食的柜子，或者是挑水的木桶，还有吃饭用的八仙桌。主人家让做什么，他就做什么；做什么，就像什么。

当然，他做得最多的活儿还是瞌睡笼。

老严说，人一辈子甜也好、苦也好，最重要的是要睡好；人这一辈子穷也好、富也好，能带走的也就是一个瞌睡笼。

所以，老严把瞌睡笼做得最为精致。

老严做的瞌睡笼比别的木匠做得宽，他喜欢让睡觉的人在里面抻得开手脚。老严做的瞌睡笼比别的木匠做得高大威仪，他希望活着的人看见瞌睡笼，立马对逝者表现出一种敬畏。

老严做瞌睡笼不用钉子，就连木钉子也不用，一律是榫卯。老严是有一点儿文墨的人，他不想让逝者有如睡针毡的感觉。老严希望逝者平安，他爱在棺材侧面的下沿用木条做一道竹节装饰，既有平安的意思，也让棺材显得灵巧美观了许多。老严还喜欢在棺材大头的挡板上刻一个“寿”，希望逝者保佑后辈儿孙健康长寿。

因此，请老严做瞌睡笼的人很多。不仅本村的，周边村子的，就连每一任的乡长来了，都会请老严给自己的父母大人做一副瞌睡笼。

瞌睡笼是人生中最后一件大事，爱好的人家都有一些讲究。先是要看黄道吉日，大多都选在腊月或者正月、二月间。选定了黄道吉日，就请木匠，请木匠时会带上水礼；木匠开工了，还要给木匠封红包，讨个吉利；做工的时候，还要好酒好肉地招待。遇上爱好又富裕的人家，做完了瞌睡笼，还要做几桌酒席，招待木匠和自家的亲戚朋友。

老严不在乎这些。他不收水礼，不收红包，不喝酒不吃肉，对饭食也不挑剔，但他要吃饱——木工活儿是个费体力的活儿。老严喜欢的是在休息的时候，能拉上几把二胡。

老严虽然是一个木匠，他的二胡却拉得好。那还是“文革”期间，一个老“右派”教他的。“右派”是省城来的音乐家，一曲《二泉映月》拉下来，弄得人热泪盈眶肝肠寸断。老严不喜欢这类曲子，老严喜欢拉欢快的曲子，拉得让人热情奔放笑容满面。

老严的二胡拉得真的很好，有大家的风范。记得那一年县剧团送戏下乡，剧团的琴师听说老严二胡拉得好，请他上台拉了一曲。老严那高超的技艺，那种入迷的神态，很是让人眼红。用那琴师的话说，他恨不得用砖土拍了老严。

还是说瞌睡笼吧。人再豁达，做瞌睡笼再重要，但做瞌睡笼终究是一件伤感的事情。特别是女人，有的还躲在灶前抹眼泪。老严不吃烟，也很少喝水，他在干活歇憩的时候，会拿出二胡，拉一曲《赛马》，或者《战马奔腾》，要么是《信天游》，抑或《纤夫的爱》，把人心底的哀伤一丝丝抽尽，把欢快和喜悦留在人的脸上。

老严给自己做过两次瞌睡笼。第一次是六十岁时，是柏木的，那真是高级呀。可村子里的一个孤老死了，没有瞌睡笼。

老严把自己的瞌睡笼让给了那孤老，连钱都没有收，守夜时还拉了半晚上的二胡。

第二次是七十岁时，是松木的。木头虽然不好，可做工精巧。谁想在城里打工的小儿子摔死了，他把瞌睡笼让给了小儿子。小儿子不喜欢做木活，小儿子喜欢他拉的二胡曲子。那一夜，他给儿子拉了一夜的曲子，竟然拉断三副琴弦。

老严今年八十了，他第三次给自己做瞌睡笼了。山上已没有好材料了，棺材板是屋后自己栽的桐木。老严也不做粗活了，专门雕刻挡板上的“寿”，暗自期盼后辈子孙健康长寿。歇憩时，他又操起二胡拉了起来。这回，他拉的是《好汉歌》，还有《今天是个好日子》《步步高》。春天的太阳照在人身上暖暖的，二胡拉得人心里也暖暖的。

瞌睡笼终于做好了，老严很是满意。老严让家人办了几桌酒席，把村里的当家人都请来喝酒。那一天，老严喝了好多好多的酒，也拉了好多好多的曲子。那些曲子里也弥漫着浓浓的酒气。

不久，老严就瞌睡了，安详地睡在自己的瞌睡笼里。

老严睡得很沉，家人请了一支乐队送他，乐队拉了好多好多老严喜欢的曲子，老严也没有醒来。

算命的老胡

谁也没有想到，一场车祸使老胡成了算命的人。

那场车祸很厉害，死了好多的人，老胡在车祸中也受了重伤。特别是脑子，还开了颅，在医院里生生地昏迷了两个月。幸亏有个好妻子，左借右挪欠了一屁股债，才把老胡从奈何桥边拉了回来。要不，老胡早就变成厉鬼了。

拉是拉回来了，可老胡却瘫痪了，整天躺在床上下不了地，身边早晚离不开人照顾。而妻子呢，老是找借口出门玩，不是去买东西，就是要去地里干活。买什么东西？家里什么都有；地里能有什么活？田野里一片白茫茫。妻子出去干什么，他知道；他不说，妻子救了他的命。老胡嘴里虽不说，可心里憋屈得慌。待妻子回来了，忍不住把妻子出去都干了什么一件一件说得清清楚楚，惊得妻子一惊一乍的。

第二天，妻子再要出门，赌气地说："你看我今天出门要干些什么？"

他看看妻子，然后一件一件地说，你什么时候干什么，什么时候又干什么，一件一件说得明明白白。

妻子听了，不以为然，出了门专门和他作对，故意不按他说的办。可是，可那些事情好像是中了魔咒，出门就跟着她，甩都甩不掉，撵着追着让她办。待妻子回到家，他们一起一对，每件事情都说得严丝合缝，没有一点儿差错。吓得妻子一脸的绯红，好像偷情被自己的男人抓了现行。

脸上的红褪尽，妻子展开眉说："你会算命呀？你干脆摆一个算命摊子。算命是很挣钱的。"

他知道算命很挣钱，镇上的王瞎子一年算命要挣十几万呢。自己会算命？但能说得准妻子的事情，不一定说得准别人的事情。正这么想着，堂弟来他家借摩托车了。他看一眼堂弟，竟然知道堂弟要到镇上的银行贷款，知道堂弟必须给行长送礼以后才能办得成。他抱着试试看的心理把自己知道的事情说了一遍，堂弟却夹着摩托车走了。

谁知道，堂弟晚上还摩托车时给他带来一条烟，放下烟就说："哥哥你太神了。"说自己今天真的是去贷款，所有的手续都办好了，行长就是不签字，说这不行那不符合政策的。忽然想起哥哥的话，就封了一个红包递过去，唰，字就签了。"哥，我是真心谢谢你呀。"

有了堂弟的宣传，就有人将信将疑地找他算命。他学着王瞎子的神情，伸出指头神神道道掐算一番，然后告诉人家一个结果。谁想到，那些结果后来都实现或者基本实现了。

这样，找他算命的人就更多了。

这天，邻村来了一对夫妻，男的精瘦，女的挺着一个大肚子。他们已经生了三个女儿了，好想生个儿子，可是每个算命先生都说怀的是女儿，就连医院的B超也说是女儿。他们不甘心，想请他看看肚子里的孩子到底是男是女。是儿子就生下来，是女儿就流产。这可是人命关天的事情呀，老胡摇头晃脑地看了看，神神道道又掐算一番，一口咬定是儿子。而且说他儿子出生时是六斤六两。看着那对夫妻将信将疑的样子，他妻子埋怨自己不该鼓捣他干那算命的勾当了。

没想到三个月后，那对夫妻真的生了一个六斤六两重的大胖小子。那对夫妻高兴地在他家门前放了十人饼鞭炮，而且给老胡送来一万块钱的大红包和一面大大的锦旗。

有了这近似传奇一般的故事，找老胡算命的人更多了。不仅是村子里的、邻村的，还有镇子里的，就连县里、市里的领导也开着车拿着大红包来请他算命。老胡算得真的很准，说什么就是什么，该怎么做就怎么做，绝对没错。他说办不成的事情，任凭你再怎么努力，一切都是枉然。有文化的人就说他不再是一个算命的，而是预言家。这时，老胡也不再装模作样神神道道地掐算了，见了红包，就说出对方想问的问题；说出来的，就没有不能应验的。

当然了，治病欠下的账早就还清了，而且还盖了一座两层的楼房，银行里还有一大笔的存款，日子红火得不得了。村子里的人见了他，都是一脸恭敬，谁家有了红白喜事，都会把他请在首席上。

尽管如此，还是有人不买他的账。

那人是我的一个熟人，叫二杆子，说白了是个二货，吃喝嫖赌的。二杆子不信老胡算命的话不说，还说老胡的坏话，说什么“算命查八字，凑钱养瞎子”，说得老胡一脸的羞愧。于是，他想给二杆子算一次命，二杆子才懒得理他。他呢，就和二杆子铆上劲儿了，每天都在村口等候二杆子。见到二杆子了，就说二杆子今天要在哪里干啥事，干得成、干不成说得一清二楚，把二杆子说得灰溜溜的没处躲，他就“咯咯”地笑，兴奋得不得了。

那一天，二杆子本来想出门干一件大事的，老胡又堵在村口拦住二杆子，把二杆子要干的大事说得清清白白。末了，还把二杆子很是羞辱了一番。二杆子那个气呀，冲上来卡住老胡的脖子问：“你会算，你知道你会咋样死？”

老胡说：“不知道。”

二杆子说：“我知道。”

说罢，二杆子用力一拧，只听“咔吧”一声，老胡就死了。

老胡死了，二杆子就自首了。

二杆子被判了死缓，我去看他。我说："老胡能掐会算挺好的，你倒杀他干啥？"

二杆子说："好个啥？我前面的路迷迷糊糊走得有滋有味的，让他说得明明白白还有个啥意思！"

二杆子说罢，还是一脸气呼呼的，显得很是委屈。

看病的老齐

我们那里把医生不叫医生，叫看病的。这个名头虽然没看医生好听，却比看医生贴切。看医生还有其他可能性，看病的就是单纯地让医生把脉，看看自己得了啥病，然后请医生对症下药。当然，看病的要是手艺高超成了大把式了，也会像看地的阴阳先生一样被尊称为先生，偶尔还能被请到家里坐回上席。

老齐就是一个看病的。

老齐应该是个大把式吧，在省城时他就是名头响亮的专家，全国都是挂得上号的人物，那时要托关系走后门才能有机会请他看病，一把刀也不知道救了多少人。可惜村里人不知道老齐的厉害，知道他时他就在村办公室办诊所，挣了钱后又在村口盖了楼房办诊所。

老齐的诊所不大，一楼有一个套间，里间做药房，外面做门诊。药都是一些常规的药，中药、西药都有，也有一些药是老齐上山扯回来的根根草草。看病的方法主要是把脉，三根瘦长寡白的指头在手腕上一掐，啥毛病都被他逮住了。他的药费不了几个钱，却很有效，那些毛病用了他的药，少则一天两天，多则十天半月，基本上都痊愈了，看不出老齐有多大的能耐。只是时间长了，村里得大病怪病的人也少了，死人的机会也少了。不过，人们并不觉得这和老齐有什么关系，只觉得是阴阳先生把坟地看得好，见了老齐连个先生都懒得叫，更不用说是让他陪阴阳先生坐上席了。

老齐不介意，继续埋头看他的病。

当然，也有人知道他的厉害，比如王五的亲家。王五和亲家一起喝酒，几杯下去就口鼻歪斜手脚麻木了。亲家是懂一点儿医道的，知道王五八成是中风了，那是大毛病呢，若不及时治疗是要出大事的，要女婿赶快送王五去大医院。这时，老齐闻讯来了，说进城来不及了，赶紧给王五扎针，挂吊瓶，折腾了好几天，王五好了，什么事都没有了。事后，王五的亲家让女婿给老齐备一份厚礼谢谢老齐。王五却说："屁大一点儿事，还用谢他，他是为了挣大钱呢。"亲家说："可不敢这么说，小心他走了你们遭大罪。"王五说："遭个屁罪，你看我们谁家不都是好好的。"亲家说："好好的是幸亏有这么一个好医生，要不是齐先生，你一定还瘫在床上呢。"王五不这么想，村里人也不这样想，他们觉得老齐是来挣他们的钱的。

老楚也知道老齐的厉害。老楚那年得了癌，省内省外大小医院折腾个遍，做完手术又做化疗放疗，身体整垮了，钱也整光了，城里的医生让他回家准备后事。老楚不想死呀，抱着试试看的想法找老齐。老齐把那三根寡白瘦长的指头往他手里一搭，然后抓了几味草药让老楚慢慢熬水喝。几年过去了，老楚非但没死，而且身体越来越旺健。老楚把自己的经历说出来，人们还是不相信。就凭他，他有那么大的本事还到我们这山沟沟来干啥？

是呀，那么大的把式，放在哪里都是挣大钱呀，跑这山沟沟干啥呢？有人说老齐在城里治死了人命，来乡下躲事的；也有人说他是来报恩的，说他母亲曾经下放在村子里得到好心人的救济；也有人说老齐觉得农村人可怜，看病就医不方便……当然，也有其他的说法，都是一些猜测。可人们眼睁睁看见两手空空的老齐三五年的时间盖起小洋楼，那可需要一大笔钱的呢？

看着那洋气的楼房，有人眼红了，之后看病开始欠账。老齐也不在乎，欠就欠吧，反正也没有几个钱。不过老齐去城里给人看病的时候多了，也有城里人不远千里来村里找老齐看病。听说还有人开出大价钱请老齐去私立医院，老齐一口回绝了。这时，村里人觉得老齐应该有点儿本事了。有多大本事，老齐看病不多言，村里人真没见过，后来倒是见过他把人治死了。

死的人是王五。有人私下说王五不是老齐治死的，说王五在家就死了，只剩心口是热的，王五的儿子伙着一群哥们儿硬把王五背到老齐的诊所。老齐用那修长苍白的指头把把脉，又用手电筒照照瞳孔，还用听诊器听了听胸腔。末了，老齐说:“人死了，没救了。”王五的儿子不高兴了，说 :“我把人送来心口还是热的呢，现在就死了，是你把人整死的。”王五的儿子和他的哥们儿大骂老齐不说，还砸了老齐的诊所，然后把王五的尸体拉到镇政府，控诉老齐是草菅人命的游医。

镇政府派副镇长去调查处理，王家和老齐各执一词，谁也说服不了谁。王姓是村里的大户，家家都缠着弯弯绕绕的亲戚，谁又给老齐说话呢?副镇长息事宁人让老齐出钱先把人安葬了。老齐还没有说话呢，王家不答应，要求老齐付给一大笔经济赔偿。不然，他们就把尸体抬进县里喊冤。老齐真觉得冤，可副镇长扛不住王家的闹腾，老齐更扛不住副镇长的高压。老齐虽然盖了楼房，手里头真的是没钱。

最后呢，老齐把房子和药店都赔给了王家，然后一个人灰溜溜地走了。老齐走时，只有老楚一个人去送他。看着老齐越走越远的身影，老楚忽然想起，这个疗程的药吃完了，我该去找谁看病呢?

敲锣的老响

老响姓甚叫甚我已经记不得了，只记得老响喜欢敲锣。村子里演戏了，或者老人过世了，老响一手提着盆口大的一面铜锣，一手拿着小孩手臂一样的长木锤子，“哐”的一锤下去，喧嚣的人群立马肃静，老响显得十分威风。

老响不仅在台上威风，在台下也威风。马队长平日牛气得不得了，一见老响立马客气三分。村里有了红白喜事，马队长说起来是总管，主事的一定是老响。老响公道呀，凡事都会替别人着想，啥事到了他手里，都会办得妥妥帖帖，马队长就去办他那些鬼拔毛的事去了。

老响不仅处事公道，而且会扯草药，是一个草药先生，能治一些疑难杂症。谁要是有个头痛脑热什么的，只要找到老响，他扯几味根根草草，张开嘴巴嚼成浆，或者用斧头砸成泥，然后敷在患处，疼痛比他的锣声跑得都快。

老响治病有时连药都不用，靠蛮劲儿。比如说有人身上长个疖子疮包什么的，红肿发痒疼痛难受，医院的医生一定会等到疖子成熟时开刀放出脓血，再包扎消炎。而老响不用，只要找到他，无论疖子疮包长到什么时候，他会趁患者不注意的时候，逮住那疖子疮包用力挤压，疼痛来得猝不及防，痛得患者要喊爹叫娘时，老响放了手。舒一口气回头看去，感染的疮口堆积了一些脓血，没感染的地方是一片紫红。这时，老响会拿来半杯白酒慢慢把疮口擦拭一番，就让人走了。待患者美美睡一觉起来，让人揪心的疼痛也不知道跑到哪里去了，疮口也好了。那时，患者真心地念记老响的好。

老响也是治疗跌打损伤的高手。窝了气，他会拔气罐；瘀了血，他会打一只碗，用瓷片为你放血；脱臼了，骨折了，他扯上几把草药敷上十天半月就好了。老响治病还不要三两七二两八的，有二两苞谷酒就打发了。谁要是连酒也买不起，老响也毫不在乎。

就说那年开拖拉机的二杆子吧，几杯苞谷酒灌下去，脑壳管不住手，手把不住方向盘，端直把拖拉机开下二里坝。好家伙，那是两丈多的高坎呢。二杆子被抬上来时，两条腿粉碎性骨折。拉到县医院，医生要截肢；又拉到西安大医院，医生还是要截肢。那咋行，一家七八口都指望二杆子养家呢，截了双腿成了废人，一家的日子咋过活？二杆子老婆找到老响。

老响急忙跑进山里扯了一背篓草药，在二杆子家生生是忙活了三天三夜。三天三夜的活儿差点儿要了老响的命，所幸是三个月后，二杆子能下地走路了；半年过去，二杆子的双腿好得和常人一样。二杆子一家感激老响，意欲把十八岁的女儿嫁给独身的老响。老响摇头拒绝了，说："我比你都大呢，咋能做那缺德的事。"

治好二杆子，老响的名头更响了，有人得了怪病也来找老响。比如说前村唐老师吧，夜黑涨水时为了救一个落水的学生，救上了学生，他却被水浪卷进水里。无奈之际，他抓住河中一棵大树的树枝，意欲攀上大树。可惜，他实在没有力气爬上树，只好下意识吊在树枝上。一直吊到第二天早上，大家才找到他，把他拉上来。谁想到唐老师的手却放不下来了，只能那么高高地举着，像是在玩单杠。唐老师找了好多的大医院名医生，想放下自己的手，医生费尽心血，唐老师的手一直举着，怎么也放不下来。他是老师呀，怎么能老举着手呢。

唐老师找到老响。老响不说行，也不说不行，拿起那面大锣拽着唐老师往外走。来到村口的麦场上，老响的锣声震天震地，直把村里男男女女老老少少都引到麦场上，以为有啥热闹好看呢，却见是举着手的唐老师。唐老师的事大家都知道，看阵势也知道老响是给唐老师治病呢，大家就围住他们俩，想看老响怎么给唐老师治病。唐老师也不知道老响耍啥把戏，看见周边围上那么多的人，羞惭地低下头，好像做了见不得人事。威风八面的老响又冲大家敲了一通响锣，然后呢，他在众目睽睽之下“唰”地脱下了唐老师的裤子，唐老师白亮亮的屁股钻进了人们的眼睛。人们不明白老响要耍啥子异门儿，“哄”的一声大笑起来，但见唐老师“忽”的一声，双手本能地收回来捞起了裤子。

这时，人们发现唐老师的手已经能够上下自如了。

修锁的老张

老张想，这世界人老多了，人多了鞋子就多；鞋子多了，擦鞋修鞋的人就多。于是，老张就在开元酒店的墙角下摆了个地摊。那里连着东西南北四条街，忙忙碌碌的鞋子坏了脏了，跟着脚踏在老张的摊子前，片刻焕然一新。尽管如此，老张的生意还是不好，究其原因是修鞋擦鞋的人太多，是个人都会擦鞋修鞋。

生意不好，老张又想，这世界除了鞋多怕就是门多了，是门都有锁，锁东锁西锁人锁物，锁着锁着锁就坏了，锁坏了就要人修。而修锁又是技术活，不是谁都会的。老张又弄了个第二职业——修锁。

老张啥锁都会修，挂锁、抽斗锁、弹子门锁、插芯门锁、花色锁，什么锁都懂。老张手艺也好，那些坏了的锁经他一修，好像汽车进了4S店做了一回保养，好用得不得了。

可是，找老张修锁的人还是少。

好在老张不着急，他坐在那里使劲地等。

小城的冬天很冷，四条街的风对着老张的摊子吹。修鞋擦鞋的生意不好，修锁的人也不见来，老张又把四处收集的旧锁拿出来练手艺。那些锁稀奇古怪锈迹斑斑，老张很认真地对付它们。可惜锁太没难度了，老张鼻尖上的鼻涕掉下来又吸回去，一把锁就修好了。偶尔也有难对付的，也只需老张的鼻涕吸溜五六次。修好了锁，老张会停下来休息一下，也有了多余的精力擤去上下辛苦的鼻涕。这时的老张好像卸去了身上的担子，长长地舒了一口气。

这一口气舒到来年的春天，老张的好生意真的来了。

转机是因为开元酒店的保安。酒店的一个客人把房卡丢了，服务台的房卡怎么也打不开客房的门了，客人气急败坏地在大厅里骂人，蛮横的老板气得要炒了无辜的保安。保安慌忙去找修鞋的老张，请老张看看能不能把门给弄开。老张说了一个“好”，拿了工具信心满满地去了。

看老张信心满满的样子，保安松了一口气，偷空想在老张的摊子前抽支烟。谁知道保安一支烟还没有抽完，老张就回来了。保安紧张地问：“咋样？”老张说：“打开了。”保安说：“那是电子锁，你也会捣弄？”老张淡淡地说：“我用手电筒一照，‘唰’的一声就开了。”保安高兴地一笑，说：“你牛！”

保安不仅当面吹老张“牛”，而且天天都在酒店门口吹老张“牛”。吹得多，老张的名声就传开了。

老张的名声传开后，丢了钥匙或者锁坏了的人都找老张。锁五花八门，有简单的，也有复杂的，可在老张的眼里都一样，对付锁的家伙是一拃长的一截铁丝，三下五除二，门开了。老张收费也不高，开一次三十块，真是方便省事。要不是老张开锁必须要居委会的证明，有的人出门都不想拿钥匙，要开门了就去喊老张。

老张喜欢开锁，特别是喜欢开保险柜的锁。保险柜复杂，富有挑战性。富有挑战性的锁在他的手里也很简单，最多也就吸溜三五次鼻涕的工夫。最喜欢的是开保险柜工资高，抵得上他好几天的修鞋钱。手里攥着那钱，老张抿着嘴巴傻乎乎地笑。

也有不收钱的。比如那次监狱失火，火势凶猛，狂风怒吼，眼看就要烧到犯人住的牢房而酿成大祸，吓蒙了的看守人员竟然找不到开门的钥匙。撬，砸，锯，怎么都弄不开。有警察赶快去把老张拉来。那是一把德国苏伯帝洛全新锁，防撬，防钻，防撞，防技术性开启，一把锁等于几把锁。可老张的鼻涕只辛苦了两个来回，锁开了，避免了一次重大事故。监狱领导问老张有啥要求时，老张要了一面监狱授予的“开锁大王”的锦旗，挂在修鞋的摊子后面当广告。

得了“开锁大王”的名头，很多同行都不服气，他们拿来各种各样的名锁让老张开。有国内的，有国外的，有门锁，有特殊锁，老张不费吹灰之力都打开了。人们越发不服气了，有人专门买了一把融电子、机械、多功能于一体的锁让他开，还赌上一辆电动车。这次，老张费了一点儿劲，擤了五次鼻涕，折腾了小半天，他还是把锁打开了。此后老张再去开锁修锁，就骑着电动车，背着“开锁大王”的锦旗，冲上冲下跑得欢。

老张不但会开如今的锁，还能开古代的锁。记得去年考古队开挖一座古墓发现一扇石门，石门与墙壁浑然一体，不知道如何打开。考古队请了老张来。老张看了看墙壁，又看了看门，说:“是门就有锁，是锁就能打得开。”他东看看，西瞧瞧，后来在门的下方鼓捣一番，石门訇然洞开。

老张真是厉害，有人鼓动老张挑战吉尼斯纪录呢，没想到老张却让锁耍了。

有人在冷库放了一个保险柜，放了很长很长时间了，保险柜真成了保险柜，怎么也打不开了。那人找到老张，把老张领到冷库去开锁。老张进了冷库，那人有点儿急事出去了，留下老张干活儿，走时带上内门就走了。冷库很冷，到处都是白花花的冰，好在活儿很简单，老张融了冰很快打开锁准备离开。可是，老张找不着内门上的锁了。是门就有锁，锁在哪儿？老张找不到锁，门如何打开呢？

冷库很冷，待到那人回来，发现老张在内门前冻成一块冰了。内门是没锁的，修锁的老张怎么会冻成冰呢？那人怎么也想不明白，大家也弄不明白。

信佛的四婶

四婶信佛。

四婶家里供奉了一尊佛，每天早晨，她都会跪在佛前诵经；每逢初一十五，还会到云盖寺大庙里上香。

四婶敬佛是在和黄老师结婚后开始的。

四婶年轻气盛生得像雪地里的那枝迎春花般吸人眼球，也像六月枝头成熟的麦李子让人满心欢喜。好多人都喜欢四婶，可四婶偏偏喜欢学校的黄老师。

黄老师有甚呢？柔弱单薄，啥都干不了。可黄老师有文墨呀，四婶喜欢有文墨的人，四婶希望将来的孩子也会是个有文墨的人。于是，他们相好了，很快有了一双儿女，村里人好生眼红。也就是从那时开始，四婶作了一个决定：每天都到佛像前上一炷香，祈求佛保佑他们一家的好日子。

四婶百般虔诚，她家还是出事了——黄老师太单薄了，一场风寒就要了他的命。紧接着，父亲中风偏瘫，母亲长年有病，两个孩子幼小无知，幸福的家庭刹那间陷入困境。她虽然殷勤礼佛，而佛却是微笑无语。

她不得不改嫁给了一个叫老四的老光棍。老四没有文墨，四婶心里一直不满意，满脑子都是黄老师。老四毫无怨言，默默地做着一个男人该做的一切。屋里屋外重活脏活都是他干，挣来的钱也全数交给她，对她的孩子更是视如己出。慢慢地，四婶接受了他，一边虔心礼佛，一边安宁地和他过日子。

可是家里负担太重了，日子真是艰难，尤其是孩子上学了，一处烧火，八处冒烟，哪里都要钱。家门口挣钱的机会太少，老四执意去山西挖煤。她不仅按时收到了老四的血汗钱，她也懂得了什么是牵挂，什么是等待，什么叫害怕。她更加虔诚地敬佛，期盼着老四早点儿回来，她害怕老四万一有个什么三长两短，以后的日子又怎么过活。

人常说，越怕鬼，越闹鬼。四婶在家里为老四担心的时候，远在山西的老四出事了，煤窑瓦斯爆炸要了他的命。出门时是一个精光光的男子汉，回来时却是一个骨灰盒和一沓卖命钱。

老四死了，瘫痪多年的父亲也去世了。妹妹为了减轻她的负担接走了年老多病的母亲。负担减轻了，她依然还很好看，可再也没有人上门提亲了。村里村外的人都说她克夫，注定是寡妇命。

四婶默认了，绝了再嫁的念头，一心地敬佛，一门心思想过好自己的日子。好在黄老师给她留下了两个孩子，四婶有了活下去的希望。她想，儿女大了，一切就会好了。

四婶也想，世间的事情都是有果必有因。自己之所以命运多变，皆是前世做了什么恶。因此，四婶敬佛敬得越来越虔诚。她希望自己的虔诚能改变后半生的命运，希望佛会保佑儿女生活平安。

四婶越来越诚心，佛前的香火从来不曾断过，每天还会换两盘供果。初一、十五在做了几碟子面点供佛享用之余，还坚持到十几里以外的云盖寺拜祭上香。

敬佛难，日子更难。门前的土地只能顾上肚子，日常的花销和孩子的学费甚至佛前的香火，都要靠四婶的双手。四婶不吃荤腥，也不敢养猪，不敢养鸡，不敢养羊，她担心别人宰杀自己喂养的畜生时，佛会把罪孽记在她的头上。四婶就和男人一样上山砍柴，挖药，打零工，最清闲的活儿就是种菜卖菜了。农村的活儿重，四婶里一把外一把地忙活，柔弱俊俏的小媳妇成了男人婆，她家日子依然是艰难。幸亏那个老四给她留下了一笔卖命钱。

好容易女儿长大了，儿子也可以帮衬她做一些家务了。看见家里困难的日子，女儿擅自退学回家想帮帮母亲，四婶那个凶呀，谁也想象不出来，像疯了一般叫骂，女儿吓得一溜烟跑回了学校。原本打算退学的儿子，也吓得大气不敢出。倒是邻里乡亲埋怨四婶的不是，劝说四婶看看自己的日子，让孩子回来吧，念书又能怎么样，可四婶说什么也不答应，坚持供孩子上学。四婶想，儿女是自己的希望，也是将来的依靠。

四婶的闺女争气，是村子里第一个考上中专的孩子，毕业以后留在省城西安的一家大企业。儿子是村子里第一个考上北京大学的孩子，毕业以后在北京安了家，还娶了一个北京的姑娘。记得儿子办喜事时，四婶硬是摆了三十桌宴席，场面比村主任家的喜事都气派。

孩子们大了，四婶也老了，都羡慕四婶要过好日子了。眼看四婶去了西安，又到了北京。四婶发现女儿难，儿子更难。四婶又回来了。回来的四婶笑嘻嘻地说城里待不惯，城里空气不好，尤其是城里的房子敬佛不方便，她要回来敬佛。

四婶一边敬佛，一边地里家里地忙活着，挣下的钱大多都接济城里的儿女。这时，人们发现四婶竟然比原来更加辛苦，难道城里比乡下还难？他们不知道，只觉得四婶越发地老了，慢慢地老得种不了地了，后来连水都是邻居水生为她挑。四婶能做到的就是敬佛，保持佛前的香火不断，供品不断，期盼着好日子的希望不断。

四婶尽心敬佛，谁想到四婶却让佛前的香火给烧死了。

那天小年，水生外出回来晚，没顾上给四婶挑水。第二天一早去给四婶家挑水呢，发现四婶拿着一只水瓢死了。怎么会是这样呢？赶来的公安根据现场推测：四婶在佛前祷告时，掉落的香火点燃了四婶新做的棉衣，接着发生了燃烧。惊慌的四婶忙去水缸舀水，可水生挑给四婶的水用完了。年老无力的四婶一惊吓，再没有自救的办法了，生生是让火烧死了，或者是烧伤以后疼死了。

四婶死了，四婶敬奉的佛还在，笑眯眯的佛满脸慈悲地享用着四婶供奉的一切。

没家的舅妈

舅舅打电话说，舅妈又不见了。

去年舅妈就不见过一次，后来发现她去打工了。

我不明白舅妈为什么要去打工。家里不缺钱，一双儿女成人成家也有了体面的工作，就连外孙、孙女也帮着养大送进了小学。辛苦一辈子的舅妈光荣地完成了各个阶段的任务，到了该颐养天年品尝人生美酒的时节，为啥要去打工呢？

父母离婚后，我一直在舅妈家生活。舅妈很喜欢我，可舅妈和舅舅、表哥表姐好像不怎么亲近，他们之间好像隔着一堵墙。好在舅妈总是忙，家务活全是她的，地里的活儿也有她一半。不干农活不做家务了，舅妈喜欢坐在院外的大树下绣花，偶尔会痴痴地遥望大山之外的远方。

舅妈是个挣钱的好手，可舅妈不喜欢钱。舅妈手巧，绣出的花能招来蜜蜂，绣出的鱼儿会引来猫。逢集的日子，舅舅会把绣品拿到集上卖个好价钱。舅妈还会喂猪、养蚕、养鸡，舅妈还会做点心、做桃酥、做麦芽糖。舅妈做出的东西舅舅都会拿去卖钱，舅妈从来不问卖了多少。舅舅用这些钱维持一家的花销，舅舅也用这些钱去买酒、买烟，还能打打小牌。

给舅妈钱，舅妈也是不要的。还记得有一次数学竞赛我得了十块钱的奖金，我高兴地把钱交给舅妈。舅妈害怕钱会咬手一般，伸手把钱打掉在地上。当时舅舅还教训我——你舅妈和钱有仇，以后不许给你舅妈钱！我不相信，参加工作拿了第一份工资，我给了舅妈五百元钱，舅妈又把钱打掉在地上。舅舅说："你舅妈真的跟钱有仇！"

我不知道舅妈为啥和钱有仇。又去看舅妈，我只给她老人家买吃的穿的，再没给过舅妈钱。表哥表姐把舅妈打扮得像个幸福的富婆，也从不给钱。舅妈进城照顾表哥表姐时，从不去超市，也不去菜市场。但凡沾钱的事情，舅妈一概不做，哪怕是买一根葱。

可舅妈去年却去了一个很小的凉皮店做洗碗工。凉皮店又小又脏，一头银发的舅妈穿着一件破旧又布满油渍的白色长褂忙忙碌碌，看着让人心酸。我叫了一声"舅妈"，舅妈抬起头，看看我和舅舅，漠然地忙起来。这时，表哥表姐也赶到了。我们一起劝说舅妈回家。任凭我们怎么说，舅妈就是不说话。说到最后，舅妈对表哥表姐说："你们谁给我两万块钱我立马回家。”表哥表姐都是不差钱的人，他们看看舅舅，再也不说话了。我想舅妈一定是遇上了什么难事，急忙说：“舅妈，你回家，这个钱我出！”谁想到一辈子从不大声说话的舅妈呛了我一句：“你又不是我生的，我凭啥要你的钱！”

看着舅妈决绝的神情，我们只好走了。走出门外，舅舅凶巴巴地对我说：“你不要给她钱，看她能撑到几时？！”

后来，我又偷偷去劝过舅妈，舅妈坚持要打工，坚决不要我的钱。我问舅妈是不是遇上啥难事了，舅妈不说，还不让我去看她。我问舅舅，问表哥表姐，也问很少联系的亲妈。他们谁也不说，都让我别管。家家都有一本难念的经，作为外甥女，也许我真不便介入。我能做的就是空闲了去看看她，在她不忙的时候陪她吃顿饭。

一年过去了，舅妈挣够了两万块钱后，终于回家了。我舒了一口气，舅妈的坎儿也算过去了，该享清福了吧。谁想到一个月不到，舅妈又不见了。我们找遍全城以及周边的县城大大小小的可能去的地方，都不见舅妈。直觉告诉我，舅妈的失踪是打工事件的延续。那延续的是什么呢？舅舅不说，表哥表姐也不说。我说，报警吧。他们坚决不同意。他们一定有什么事情瞒着我，我是干着急没有办法。冥冥之中，我相信舅妈一定会通过一种方法告诉我为什么。

十多天过去，舅妈回来了。

舅妈见到我立马放声大哭。哭完了，舅妈告诉了我事情的原委。

舅妈的老家在秦岭山区，在她十八岁的那一年，被人贩子卖给我三十五岁的舅舅。开始她不认命，总想偷着跑，受尽了舅舅的折磨。等她生了孩子想安心过日子了，舅舅一家也不相信她了，就连一天天长大的儿女也防着她，不让她出村，不让她沾钱，总怕她逃跑。舅妈老老实实不沾钱，一个人不出门，更不奢想回老家看看，可他们还是不相信。就连表哥表姐成家立业后，帮他们把孩子养大了，他们还把舅妈当贼防着。舅妈为舅舅家干完所有的事，老了的舅妈想回老家看看父母还在不在，想看看哥哥过得好不好，但他们谁也不答应。

舅妈说她也想过找我借钱，但她想不能连累我。

所以，她去年憋了一口气出来打工，今年终于回了一趟老家。

舅妈说："丫头呀，你不知道一辈子被人当贼防着的感受呀……"

我一脸羞赧，就问舅妈："那……您的家人呢？"

舅妈抹去泪，一脸平静地说："他们都死了。父亲死了，母亲死了，哥哥也死了。"

末了，舅妈悲凉地说："丫头呀，舅妈是个没家的人了……"

痴呆了的父亲

父亲老了，日渐苍老。让人难受的是苍老的父亲还得了阿尔茨海默病，记不得自己的过去，记不得自己的现在，也记不得回家的路了。最让人难过的是有时候不认识家人了，不认识自己的女儿，不认识自己的孙子，就连我这个他最喜欢的儿子有时候也记不得了。偶尔回家忘记带钥匙了，父亲隔着防盗门看着自己的儿子，说："我不认识你。"愣是不开门。

记忆里的父亲是一个非常爱家的人。工作再忙，只要不加班，他从不在外面吃饭，每天按时回家陪家人。他喜欢做饭，而且手艺好，回家就在厨房里忙活。我们家人不多，吃饭的口味却不一样，父亲每次做饭，简单的几个菜还要做出不同的口味，真是难为了他。可如今，他连自己最喜欢的儿子都记不得了。

父亲虽然不记得儿子的长相了，可记得儿子的爱好。

冬至那天，我叫弟弟妹妹带着孩子一起回家吃饺子。他们一个个亲热地和父亲打招呼，可父亲一个都不认识了。任我们怎么回忆，父亲都是一脸茫然。我们顿觉黯然，母亲就上饺子。热气腾腾的饺子端上来了，父亲竟然伸手抓了几个放进自己的口袋里。我急忙拉住父亲的手，问父亲干什么。父亲轻声说："我儿子也喜欢吃。"说得我的泪潸然而下。

父亲对我们是非常严格的，竟然还有这么柔软的一面。记得我上初中的时候，父亲和母亲两地分居，我跟随父亲在他工作的地方上学。每天吃饭，要么是他给我亲手做，要么在机关食堂吃。父亲是一个领导，难免有一些工作上的应酬，有时候实在是顾不上我吃饭的事了，他也不让我和他一起蹭饭，即便是残羹冷炙也不曾让我吃过一星半点。父亲也不许我接受别人的小礼品，哪怕是一支铅笔，一个作业本，抑或一根冰棍。

自然，父亲也不接受别人请吃，更不接受别人的礼品。家里有客人来，如果提着东西，任凭客人磨破嘴皮也进不了门。有亲戚来了，父亲要是实在不好拒绝了，走的时候一定会备上等值或者超值的东西送给亲戚，弄得亲戚一脸的赧然，甚至是发脾气，父亲也不改初衷。

父亲的这个习惯一直保留到现在。我们家里如果有客人提着东西来，父亲发现了的话，一定会挡住客人不许进门，要么走的时候让客人带走。记得我女儿的男朋友第一次上门拿着东西来，他硬是不许进门；在我女儿劝说下虽然进门了，走时他一定要让我女儿准备一份礼物让那孩子带走。他说："他凭什么给我们家拿东西？"女儿只好把厨房的垃圾交给她的男朋友，让他带到楼下。

现在呢，父亲连家人都不认识了，我们家里人买东西回家时，都要小心地避开他。如果被他发现，我们也回不了自己的家了。后来，我们摸索到一个办法，万一要是让父亲发现了，我们就给他一支毛笔，让他到房里去练书法。父亲什么都忘记了，独独没有忘记写字。拿起毛笔，他立马就沉浸其中，一笔一画写得不亦乐乎。

父亲的一生是忙碌的一生，也是艰苦的一生。少年时没有过一天好日子，参加工作了一直忙忙碌碌地干活。无论当干事，还是当市长，一步一个深深的脚印，很少有清闲的日子。平日里不吃烟、不喝酒，唯一的爱好就是写写毛笔字。

父亲没有退休的时候，整天就是忙，他有忙不完的工作。他也期盼着早日退休，退休了要好好享受生活，颐养天年。如今退下了，该他老人家好好享享清福了，却患上了阿尔茨海默病。我不知道阿尔茨海默病病人的内心世界是不是有他自己的幸福，可我发现父亲对什么都无所谓了。给他精心准备的食物，他是麻木的；对他喜欢看的电视节目，他是麻木的；最熟悉的人和他说话，他也是麻木的。听觉，味觉，视觉，对于他来说，他什么都不在乎，他对什么也都无所谓了。

他唯一喜欢的就是写字。有时，他在书房里可以写一天的字。

新年前一天，现任市长来看望他。跟他说了很多话，他都是一脸的漠然。当市长听说他每天都在练字时，拿起毛笔一定要父亲给他写一幅字。父亲欣然同意，把市长领进书房，挥毫泼墨，一气呵成。

那是一个“人”字——顶天立地，一身正气。

那是父亲写得最好的一个字。

四　奶

四奶甚时来到冷水河，没人记得了。只记得那年瓦的娘生瓦，爱折腾的瓦折腾了三个时辰，瓦还不愿出来。接生婆问是保大人还是保小孩时，那时还是四婶的四奶杵着小脚一捣一捣地来了。四婶净了手，又用艾香熏了熏，伸手就把爱折腾的瓦拽了出来。捞住腿，又在瓦那粉嘟嘟的屁股上扇了两巴掌，瓦就响亮地号叫开了。瓦的娘听了，脸上也有了血色。

自此，人们就记得了四婶。四婶从哪里来？四婶有男人吗？四婶有儿女吗？没人知晓。只晓得四婶住着村口的两间瓦房。房外屋檐下有箱蜜蜂，墙角有一群鸡，房前有一块地，地边有四婶栽的一株桃，一株梨，一株枣，一株枇杷。平日里，四婶就在那块地里侍弄庄稼，或是坐在门前做针线活，四婶的鸡和小花狗就打闹戏耍，蜜蜂飞来飞去地忙活，桃花梨花妖妖地耀眼。逢着谁家的女人要生了，只消在树下咳嗽一声，小花狗竖起耳朵就叫，鸡就静卧脚前，四婶浅浅一笑，放下家什，杵着小脚一捣一捣地就走了。夜里回来，挂着一脸的灿烂，找出一块红布，绣上虎头、二龙戏珠，或龙凤呈祥、鸳鸯戏水的图案，装上麝香、雄黄、朱砂之类的，做成一个红兜兜，第二天给那孩娃系在圆鼓鼓的肚子上。

红兜兜镇灾避邪，孩娃没病没灾疯疯地长。就是生了甚病，也没甚可怕的了。只消在树下“咳”一声，四婶踏着狗声就来了。喘气了，就用梨子煨冰糖；咳嗽了，就在枇杷叶上抹了蜂蜜煎水喝；抽筋了，她用麝香烧艾条推抹。凡是小孩的病，四婶没甚治不了的。况且，都是些小东小西的方子，也花不了多少钱，四婶又不收谁三条黄瓜四棵白菜。第二天，男人上山得了麝、采了金皮石斛，给四婶分一点儿，四婶又有了给伢子治病的药了。村里人重情分，欠了谁的人情，总要设法还上。杀了猪，拎一块肉，年关了，就逮一只鸡，颠颠地给四婶送去。送来了，四婶也高兴地收下。只是三天五日的，四婶又来了。拿一斤红糖和一双绣花鞋，或是三尺洋花布。看着那糖、那鞋、那布，比那肉那鸡贵出了许多，心中兀自没了意思。以后么，就瞅着机会把四奶门前的地翻了，或是把队里分给四奶的粮食送到家里。四婶心里高兴，不住地说着感谢的话。逢着谁家孩娃没奶吃了，她就买了红糖、拿着鸡蛋给人家送去。这是救命的东西，情分是没法还的。得了闲，女人就拉着孩娃去四奶家拉闲话，四婶的家中整天都是热热闹闹的。

在这热闹声中，也有人想给四奶找个伴儿。可是人们不知道四婶从哪里来，四婶有没有男人。末了，他们又想，即便四婶没有男人，满村里谁又配得上四婶的贤淑和美丽呢。没人配得上，人们只好作罢。也有人想让自己的孩娃把四婶认作干妈，又想四婶对谁的孩娃都亲着爱着，也只好作罢。只是以后到四婶家来得更勤了，帮忙的也多了，四婶家里好滋润。

就这样，挨着瓦的媳妇生下小瓦时，四婶明显地老了。四婶就成了四奶。成了四奶的四婶平日里依旧在门前的地里侍弄庄稼，或是在门口做针线活，新来的小黑狗和先前鸡的后代们就在院舍里戏耍，蜜蜂在枝头花间忙活，桃花梨花妖妖地耀眼。这时，村里虽说有了医疗站，却没人信得过。十天半月的，那树下就有一声咳嗽，引出小黑狗的一声欢叫。四奶就放了家什，踏着狗吠一捣一捣地走了。夜里回来，依旧是一脸灿烂的笑。找块红布，绣上虎头、二龙戏珠，或是龙凤呈祥、鸳鸯戏水的图案，装上麝香、雄黄、朱砂之类的东西，做成红兜兜，第二天又系在孩娃圆鼓鼓的肚子上。孩娃气喘了，依旧吃四奶的梨子煨冰糖；咳嗽了，四奶还用枇杷叶抹了蜂蜜煎水喝；抽筋了，四奶还是用麝香烧艾条推抹。都是些小东西的方子，四奶又不收谁的三条黄瓜四棵白菜。

四婶成了四奶后，一切都似乎没变，其实一切都变了。四奶亲手栽植的桃树、梨树、枣树、枇杷已长得有水桶粗了。红兜兜上的图案虽然未变，红兜兜里虽然依旧装着麝香、雄黄、朱砂，但系红兜的孩娃已不是当初的孩娃了，当初的孩娃已成了孩娃的父亲或是母亲。山里也没了老獐了，红兜兜里的麝香是四奶托人从山外买回来的。日子也日渐好了，村里的喜事也日渐地多起来，三天五日的，就有人娶媳妇或是盖房子，要么生儿育女，家家都要摆几席，把四奶请上首席。四奶虽说不喝酒不吃肉，但谁也忘不了四奶。吃罢了喜酒，四奶就让当初的孩娃帮她下了满树的梨，或是桃，或是枣，或枇杷，每家每户送一点儿，然后背进城卖个好价钱，捎回一些红布、花线、雄黄、麝香、冰糖。这些都是四奶离不了的，都是那些孩娃离不了的。

又是春天了，四奶门前桃花红得妖娆，梨花刚吐白，枣树吐出新芽，枇杷是一片苍翠。四奶就坐在院舍里晒太阳。四奶面似桃花，发如梨白，身子骨还很硬朗。四奶该是七十，还是八十，没人知晓。四奶接生了多少孩娃，救了多少孩娃和孩娃他娘的命，没人知晓，四奶也不知晓。四奶坐在院舍里晒太阳，看见当初的孩娃在山峁拦羊，在山腰开矿，在河边种地，看见孩娃的孩娃在学堂里读书，在操场上打球，在教室里唱歌。四奶看到这儿，浅浅地笑了。笑罢了，四奶就闭上了眼睛。

四奶死了。四奶死了，小黑狗卧在她的脚前，鸡在她的身后觅食，蜜蜂在花间忙活。一阵风拂过，粉红的桃花，洁白的梨花，飘落在四奶的头上、脸上、身上，枝头上就隐约可见小小的桃或梨。枣树也有了绿意，宽厚的枇杷叶间的枇杷亦有指头大小了，门前的地里是一片绿意盎然。

麦芽糖

小时候最喜欢的零食就是麦芽糖了。

麦芽糖的制作简单，先将麦子浸泡后让它发芽，待麦芽长到三四厘米长，就将麦芽切碎。又将玉米糁用水浸透，把切碎的麦芽搅拌均匀，再用石磨磨成浆，最后过滤挤出汁液。而后把汁液用火煎熬成糊状，冷却后成琥珀状的东西，这就是麦芽糖了。这时的麦芽糖叫板糖，也有叫老糖的。吃的时候可以直接吃块儿，也可以如拉面般将糖块拉至白色再吃。

这是麦芽糖的初期阶段，一般的人家都会做。再进一步加工，叫掺糖，就是给麦芽糖里掺东西，那是有一些技术的活儿了。

这时，不得不提到我堂姑了。

父亲说，堂姑小的时候就不喜欢读书，任凭爷爷责罚都不去学堂。堂姑喜欢女红，喜欢针织刺绣，更喜欢厨艺。我奶奶精于女红，也擅长厨艺，堂姑整天围着奶奶转。十二三岁，堂姑做出的绣品就让奶奶佩服得不得了；十四五岁，堂姑就可以单独做出风味别致的席面了。不仅奶奶赞不绝口，就连走州过县出过洋的爷爷也赞赏有加。爷爷就寻思给堂姑找个好人家，不然会糟蹋了堂姑的手艺。

可惜，堂姑的手艺还是糟蹋了。在当时的时代背景下，出身地主家的堂姑连个一般的人家都难以找到。后来，还是给我们家放过牛的堂姑父“屈尊”，堂姑才得以嫁了一个实诚人家。

堂姑父虽然是个实诚人，但家里太穷了，堂姑的手艺实在是没有办法施展。一手高超的女红技术，只能用来浆洗破衣烂衫；一手绝妙的厨艺，只能搬弄洋芋红薯苞谷野菜。不过，堂姑不这样认为，堂姑从不作践自己的手艺。于是，一样的破衣烂衫经堂姑打理之后一家人就有了不一样的气度；一样的洋芋红薯苞谷野菜堂姑父吃出不一样的风味。谁见了堂姑父，都会说堂姑父是有福之人。

不仅堂姑父是有福之人呀，我们也成了有福之人。逢着放假的日子我们就往堂姑家里跑，堂姑竭尽所能地给我们做好吃的。我们没有想到堂姑有那么好的手艺，单就一个洋芋，堂姑就可以做出十几种不同的吃法。即便是做一道普通的洋芋丝，堂姑做出来的味道也绝对与别人不一样，让人百吃不厌。有时随意扯一把草，让堂姑做出来，都能做出让别人忘不了的美味。

问母亲为什么会这样时，母亲说堂姑是有心之人，有心了，就没有做不好的事情。

就说麦芽糖吧，堂姑真是用了心思。

麦芽糖做成老糖，可以做成小块直接食用。一般人不这么吃，吃起来浪费，也不雅观，吃少了不解馋，吃多了胃里不舒服。因此，麦芽糖吃的时候要掺一些配料。大多数人家会把玉米粒炒成爆米花，或者把黄豆（讲究一些的用芝麻）炒熟，掺入麦芽糖做成块或者切成片，但吃起来感觉总是不那么精美。堂姑做掺料，也用的这些东西，可方法不一样：她用苞谷粒、黄豆时，会把苞谷粒、黄豆煮熟，放在雪地里冻成冰疙瘩，然后炒熟，这样做出的掺料脆；堂姑喜欢漏苞谷鱼儿做掺料，就是把苞谷鱼儿漏出来，放到雪地里冻成冰疙瘩，然后烘干炒脆；堂姑还喜欢在田头地角撒种一种叫关粟的植物，专门用来做掺料。堂姑用这些掺料掺糖时，还会添加核桃仁、芝麻等东西，适当加一些橘子皮等不值钱的小香料，严格把握比例，所以做出来的糖色净形美，香甜可口得叫人难忘。

不过，那时候日子太苦了，能填饱肚子就不错了，堂姑的讲究很不讨人喜欢。有人就开会斗争堂姑不忘地主小姐的生活，队长还恶毒地让堂姑干男人该干的掏厕所、泼大粪的活计。尽管那么辛苦，堂姑家的吃喝依然坚持自己的爱好，精心地烹调家里的一餐一粥。再难，她绝不作践自己的手艺；再苦，她也会做出色净形美、香甜可口的麦芽糖让我们记住生活的甜蜜。

艰苦的生活到底没有熬过堂姑的坚韧。日子一天天好起来，堂姑的手艺大放光彩，十里八乡谁家有了红白喜事都会请堂姑去主厨。堂姑主厨的席面客人吃得盘干碗净欣喜不已，堂姑也是满心欢喜。

后来，堂姑在城里开办了一家私房菜馆，天天都是食客盈门。吃饭的客人不但喜欢堂姑烹制的佳肴，而且喜欢堂姑赠送的麦芽糖。堂姑虽然过起了城里人的生活，但堂姑的麦芽糖还是按照老办法制作出来的，色净形美、香甜可口，让人难以忘怀。

我离开故乡多年了，依然是年年收到堂姑给我的麦芽糖。那些色净形美、香甜可口的麦芽糖不仅勾起我的记忆，也甜蜜着我的生活。

没有篱笆的果园

看园子的老汉叫三伯。大人这么叫，我们小孩子也这么喊。他好像与倒流河的人没有什么亲戚关系，哪一家过红白喜事都不见他，三伯只是我们对他的称呼。

三伯的果园在倒流河的边上，篱笆墙的里边。篱笆墙里有很多果树，春有樱桃，夏有杏子、葡萄，秋天里就是苹果、酥梨，冬天虽然没有水果，一树树的枇杷花却分外地香甜。因此，每个季节里，我们小孩子都可以在果园里找到我们的快乐。可是，三伯生生用一道刺篱笆隔断了我们通往欢乐的路，然后用一条狗看着。

三伯喂了一条狗，三伯看园的主要帮手就是这一条狗。记得那是一条黑狗，遍体像是刷了黑色的油漆，乌黑发亮而没有一根杂毛，三伯就常常坐在果园门口的大青石上用梳子给狗理毛，狗耷拉着耳朵吐着舌头高兴得直呜咽。只要一看到我们走近了篱笆，那狗就收起耳朵和舌头，不怀好意地盯着我们，直盯得我们头皮发麻远离了那篱笆，它才放下耳朵吐着舌头让三伯给它理毛。

因此，我们要想进果园就得先笼络那狗。笼络狗的办法我们想了很多。我们给狗弄剩饭、弄鱼，大头还把他家待客剩的腊肉也弄来小半碗。三伯的狗很讲原则，绝不贪吃。它不吃，我们还是没有进园子的机会。我们就想用套或是用其他的什么办法把狗拴住套牢。那狗真的太聪明了，无论我们用什么办法都被它识破了。办法想了很多，却没有一个有效的，我们只好去找补鞋的驼子。补鞋的驼子虽然长相猥琐，心眼儿却活泛。听了我们的话后，驼子就让我们找一条母狗领去，保准没问题。

于是，我们就按驼子的话把张理家的母狗牵了去，那狗真的几声呜咽就把菜园狗领到河边去了。那时正是樱桃成熟的季节，我们偷偷溜进园子，爬上渴慕已久的樱桃树。以前吃的樱桃何曾有这么红、这么甜，我们记不得了，我们只觉得三伯的樱桃真的很甜。我们就放开肚皮吃，直吃得实在是咽不下去了，我们才跳下树跑出园子。那一次的樱桃真的吃多了，以至于后来我们的牙都软了，三天也吃不成饭。

可惜，三天过去了，春天也过去了，挨了一顿饱打的黑狗再也不敢搭张理家的狗了，我们也没了再进园子的机会。但我们不死心，我们总想再次走进那园子。那狗在那一次饱打之后更忠于职守，只要我们一走近园子，那狗就叫，如果我们不走，它就会狂吠着向我们冲来。这时，三伯踏着狗声出来，我们就彻底地失去了再进园子的机会。

怎么再次走进那园子呢，我们还是只能打狗的主意。可是，任凭我们想了多少好办法，任凭孩子出了多少馊主意，我们总是没有机会再进园子，篱笆太高，黑狗太厉害。因此，我们决定报复黑狗，报复三伯，报复果园。

我们想把那篱笆砍了，却又近不得篱笆。我们就用弹弓去打狗，狗很奸猾，一听到石头的风声，就狂叫不止。三伯就出来看，我们吓得四处逃窜。后来，我们又害狗，几个人分别在果园的四周向园内掷石头，狗以为园子进人了，四下追赶，累得“呼呼”地直吐舌头，我们得意地哈哈大笑。每每我们的笑声还没停止，就被三伯拽到父母的面前，我们的屁股就会留下父母的鞭痕。第二天，摸着隐隐作痛的鞭痕，我们又用弹弓去射枝头葱绿可爱的杏儿、苹果、酥梨和密密的葡萄。只要看到地上葱绿的果子，我们屁股就不痛了，就是被父母狠打，也绝对听不到我们的哭声。到了果子成熟的季节，看到高高枝头上仅剩的几个果子，我们心里又有着说不出的快慰。

无知的童年就在和三伯作对中度过了，三伯的篱笆越长越牢实，狗也越来越奸猾。我们虽然长大了，又有了一批不懂事的孩子，果园依然是他们寻找欢乐的地方。直到我离开故乡，记忆中，三伯果园里的果子很少能长到成熟的时候。

在外漂泊了多年，对故乡印象最深的仍然是三伯那诱人的果园。高高的刺篱笆，还有围着篱笆转悠着的一身乌黑而且没有一根杂毛的狗。去年秋天，奶奶进城，我问起了三伯，问起了篱笆里的园子，也问到了那条黑狗。奶奶说，黑狗已经死了，刺篱笆被三伯砍了，那片果树却很是争气，一年比一年繁茂，一年比一年香甜。我又问没了篱笆、没了狗，果子咋能越长越繁茂呢，奶奶瘪瘪嘴，也说不清，她只晓得三伯每次送给自己的果子越来越多，也越来越甜。我想象不出果实是怎样的繁茂，果子是怎样的香甜，但我真的很喜欢没有篱笆、没有黑狗的果园。

有虫眼的豆子

五队的队长叫老甩。

五队本来有一个队长，人姓白，心却是黑坨坨的。白队长的黑坨坨心从不估摸队里的事，也不估摸家里的事，整天估摸别人的事。估摸着怎么让别人把自己的东西送到他家里，估摸着怎么把别人的女人哄上自己的床。种下的苦瓜籽多了，苦瓜就出了。老甩一吆喝，队里人一声吼，齐刷刷举手把老白拉下来，又齐刷刷举手把老甩推上去。老甩为人耿直，做事公道，政策也硬，又不和别的女人挤眉弄眼，好多人都说他干得好。队长是个苦差事，干得好就容易得罪人，得罪了人，就有人说他干得不好，世上没有公平秤。

先是老白。老白干队长时是不干活的，还可以白占队里的东西，还可以白睡别人的女人，日子挺熨帖。老甩干了队长，他就没了这些特权，还要苦扒苦做，一杆秤分粮。接着是老白睡了的那些女人，老白做队长时，她们可以不干活或少干活，还能得到许多便宜。老甩做队长了，不喜欢这一套，她们就没了这些便宜。于是，老甩这队长还没干上一年，这些人都嚷嚷要改选队长，把老甩选下去。村里人没文化，选队长不易。已经开了两天会了，还没商量出个选举办法。老甩说是用老办法：举拳头或是站队。可老白知道自己不得人心，就不答应。老甩说全队没人识字，请村上老师帮忙。老白信不过，也不答应。弄得老甩也没办法，就问大家，大家也没主意。

生生是熬了两天两夜，也没生出个选队长的法子。熬到第三夜了，老白生出一个法子。老白说："我们选豆子。"老甩说："选甚豆子？"老白说："我俩一人一只碗，社员一人一粒豆子，他们选谁就给谁碗里装豆子。哪个碗里豆子多，哪个就是队长。"老甩说："和举拳头、站队一个样。"老白说："不一样。"老甩乜了眼老白，就想起满坡焦黄的庄稼，应了。

老甩起身同会计去找豆子，剩下老白冲着几个女人"哈哧哈哧"笑。老甩和会计找来了豆子，也找来了两只空碗。老甩说："有红纸的是老白的，没纸的是老甩的。"说罢，就发豆子，每人一粒。人们捏着豆子，就觉得豆子沉甸甸压得心慌，就像拿着个金元宝，拿在手上细细瞅。好久没吃顿饱饭了，有人盯着豆子就生出饿意。只听老甩喉结上下一滚，甩出一声脆响："都别吃了，那是队长呢！"那是队长，自然是吃不得的。再仔细瞅一遍，又舔一遍，都庆幸没吃，豆子有虫眼呢。于是，依依不舍地把豆子丢进碗里，碗里就生出一串好听的声音，漾在心里好舒坦。老甩听了，就笑了，投豆子的人也笑了，老白也跟着笑。这时，不规矩的男人就在女人的大腿上掐一把，女人夸张地一叫，会场上热闹得很。

选举正在继续。老甩的碗边排成了队。一人一粒，顺着碗边“叮里当啷”叫得好听。听得老甩咧着嘴笑，豆子却长得慢。老白的碗边虽然没几个人，一人却是一把，虽然没生出好听的声音，豆子却欢欢地长，长得老白咧着嘴笑。有人看出了蹊跷，拿眼去瞪老甩，老甩却不管不顾咧着嘴笑，会场上立马静寂了许多。手上没了豆子，碗里也没了声响，老白盯着碗里的豆子“哈哧哈哧”地笑，老甩也跟着“哈哧哈哧”地笑。笑罢了，老白端起碗，高喊一声:“我是队长！”老白喊罢，又“哈哧哈哧”笑，老甩也不言语，跟着“哈哧哈哧”笑。

老甩说：“队长还是老甩！”老白说：“我的豆子多，我是队长！”老甩说：“我的豆子多。”老白说：“我堆尖一碗，你只有半碗。”老甩“哈哧哈哧”笑了一阵，说：“我发出的豆子都是有虫眼的，收回来的也都是有虫眼的。你数你碗里有几粒有虫眼的豆子。”

老白听了老甩的话，立马傻了眼。老甩发的豆子确是有虫眼，他接过手仔细瞧了瞧，又扔了。没想到自己精心挑选的圆豆子，却被老甩有虫眼的豆子算计了。老白想到这儿，“啪”的一声把手中的碗摔了，圆溜溜的豆子在会场四下乱钻，人们哄笑一片，四下抢起来。

这时，老甩就甩出一声队长的恶吼："豆子都交回来，还可以种二分地呢！"

守林子的树桩

树桩不是树桩，树桩是一个人。

树桩今年六十岁了，是个老树桩了，老树桩仍然住在四十多年前的那间石板房里守护着那片林子。

比四十年前还早一些的时候，树桩是公社伐木队的队长。树桩领着公社抽调的百十个劳力挨村子砍树。那时的树桩年轻，身体壮得像一头牛，砍起树来像是和树有几辈子冤仇似的狠，随着木屑飞溅，那树一下就倒了。树倒了，粗的交公，细的就用来炼钢铁，还有一些任它倒在地上长木耳或是生蘑菇。木耳或是蘑菇长了摘，摘了又长，一茬挨着一茬，犹如树桩家的奖状，一张跟着一张来。只是那树倒了就倒了，再也长不出来，那山就被他的斧头砍得精光。每每看着被自己伐光了树的山坡，他就笑了，他冲着满坡的树桩说："看你厉害还是我厉害！”

树桩真的厉害，可山比树桩更厉害。树桩领人砍完了他屋后那片林子后，下了一场暴雨，山洪就带走了他的家也带走了他的女人、他的猪、他的羊。山洪下来的那夜，树桩正在邻村砍树。树桩听说后，知道山神发怒了，他犹如大梦初醒，就把自己的斧头在石头上砍，使劲地砍。坚硬的石头被砍得粉碎，他就把斧头砍成烂铁疙瘩，才扔了斧头奔回家了。

可是家已经没了，有的是满坡的沙石和浑浊的洪水，汹涌着流向倒流河。没有家了，村里就在后沟口给他盖了一间石板房，他要求看护后沟经常被外村人偷伐的林子。一坡的林子已被砍了一多半，村里还要砍，只是村里急着要砍前沟，要砍右沟，还要砍左沟。起初树桩还去阻挡。可他挡了左沟人家砍右沟，挡了右沟人家砍前沟，那么多的人，他一个人是挡不住的。挡不住了，树桩只是照看后沟。照看后沟的时候，他在后沟的荒坡上栽树，一棵棵地栽，一年年地栽。

树桩的树还没栽出名堂，村里人砍完了前沟，也砍完了左沟，又砍完了右沟，村里人就打算砍那没有砍完的后沟。后沟里有树桩，树桩不答应。村里组织再多的人树桩都不答应。树桩就像一个树桩一样扦在通向后沟那一条唯一的便道上，没有人上得去。软的不行，硬的也不行，就连他戴着一顶坏分子的帽子时，也没有人敢上后沟去伐树。有人想伐树了，他就像一截树桩一样立在通道中间，谁也上不去。集体伐不成了，个人就想到偷。树桩不仅喂了狗，而且在便道上安插了许多的铃铛，一有风吹草动，树桩就铁着脸坐在便道上抽烟，一任别人好话磨烂了嘴皮，他愣就是一动不动。无论是村主任，还是亲戚，他都不让。记得有一年村主任给他介绍了一个女人，女人喜欢树桩，树桩喜欢那女人。两人睡在一起了，女人想弄一棵树给快要出嫁的女儿做一张桌子陪嫁女儿，嫁了女儿然后就嫁自己。可树桩怎么也不答应。树桩不答应，女人掀开被子就走了。走在崎岖不平的夜路上，女人只想要树桩能送自己一程，自己也就原谅了树桩。可树桩愣是没有动身，他担心他送女人的时候，有人钻了空子偷了树。就这样，树桩看护住了那片林子；就这样，树桩几乎得罪了所有的人。

树桩得罪了所有人的时候，也救了所有的人。

那一年天下大雨，两天两夜的大雨泡软了前沟、左沟、右沟光秃秃的山。山坡上的泥土变成稀泥，就和着流水涌向了小村。小村没了，房子也没了，四处的人只有涌进了树桩看守的后沟。后沟的林子给了全村人躲避灾难的地方，后沟里的树木也给了全村人渡过灾难的粮食和种子，全村人不住地经常念记起树桩的好处。

树桩栽下的树成了林子后，集体没了。集体没了，村里就把林子分给个人，个人都抢着斧子砍树。可树桩还是不答应，树桩摆出一副拼命的架势挡在便道上，人们也无可奈何。无可奈何的人就找到村主任，村主任只好把林子收回来，也撤了树桩的护林员。断了工钱，也断了他的口粮，树桩几近失去了所有，但他守住了这林子。他想，有了这片林子，他也有的吃、有的喝，他什么都不在乎。

树桩不在乎，别人很想把那片林子变成大把大把的票子。四周的树都砍完了，唯有这块不得砍伐，眼看着大把大把的票子躺在那儿不能使用，人们就积极地想办法。可他们想了四十年办法，树桩仍然不为所动，树桩一动不动地守护着那片林子。

待我死了你们再打它的主意吧。看着那片林子，树桩想。

死了我也要守住那片林子。看着那片林子，树桩又想。

蛮子和蛮子他哥

蛮子是地主。

蛮子其实不是地主。

蛮子干了二十年的地主，还不知道真正的地主过的是什么美气日子，长得是什么样子。

蛮子记得，那年公社麻主任给张四坪分了个地主名额，难住了蛮子他哥。

蛮子他哥是队长，蛮子他哥没见过地主，张四坪的人都没见过地主，不知道地主是白脸还是黑脸。

蛮子他哥就问麻主任。

麻主任脸一吊，说："地主就是地主，地主是老蒋，地主就是反革命，地主有地。"

蛮子他哥不知道谁叫老蒋，不知道什么是反革命，但他记住了地主有地。蛮子他哥知道，1949 年前张四坪的人都没地。地都是八老爷的，八老爷是地主，八老爷早吃了枪子儿。1949 年后，张四坪家家都有地，地是毛主席给的。蛮子他哥不知道这算不算地主。张口想问一声，看看麻主任吊得老长的麻雀蛋似的脸，吞口痰把话咽了。

话虽咽了，可事儿咽不下。麻主任叫他明后晌把地主送到公社，公社要狠劲斗争呢。他知道麻主任的厉害，他知道麻主任斗地主更厉害。但他不知道谁是地主，确切地说是谁像地主。不知道，不知道了就开会选。蛮子他哥想，开会选就好了。只要有人吆喝一声，都同意，那就成了，就像当初选自己当队长。

可是，会开了两天两夜也没选出地主。人们都没见过地主，扯八辈子亲戚也没个当地主的，不知道地主是白脸是黑脸抑或花脸。当初八老爷收租时来的都是伙计，伙计都是贫农，当时也忘了问八老爷长什么样子。蛮子他哥想，要是有地也算是地主，那都是地主。但一想到麻主任斗地主的狠劲，他就不敢想了，也就算了。蛮子他哥没辙。没辙了，蛮子他哥就想自己去干地主。蛮子他哥张口想说出来，又想起麻主任斗地主的狠劲，想起离不开自己的一窝崽和病恹恹的女人，又把话咽了。蛮子他哥又想安排轮流当地主，一想好多家的日子离不开汉子，又把话咽了。

末了，蛮子他哥说：“选不出，谁愿意干？”

没有人愿意。

“谁干了，不干活，记工分，分口粮。”

没人愿意。没人知道以前地主过的什么美气日子，但都知道地主现今受的什么罪。

“谁干，一天五个工日，和麻主任一样吃派饭。”

蛮子他哥咬牙甩出这话，就挨个脸瞅。可是人们都记得麻主任脸上的黑麻子，都记得麻主任斗地主的狠劲，都把头低着，蛮子他哥看不见。

好半天，他弟蛮子才蹦出一句话：“鬼干。地主那美气日子没过一天，受罪了谁干？”

蛮子他哥听了，狠劲盯着他弟蛮子。他弟蛮子年轻，一身的好肉，一身的好力气，又没女人娃子扯腿。

“你见过。”好半天，蛮子他哥挤出一句话。

“见过。我在八老爷家过过夜。八老爷有十个女人，个个都是小脚、大辫子打屁股。他早上吃金子，中午吃银子，屙出来的是铜钱。”

“啧啧。”

“啧啧。”

蛮子在吹牛，都知道蛮子在吹牛，蛮子这辈子没出过张四坪，都啧啧称羡。

“当真？”蛮子他哥问。

“骗你做甚？”蛮子说。

“好，你就是地主！”蛮子他哥说。

“我不是地主，我给地主提尿罐人家都不要。”

“你就是，老子说你是你就是！”

蛮子他哥说罢，就把他弟蛮子送到了公社，他弟蛮子就成了地主。

蛮子成了地主，麻主任就狠劲斗了他三天，蛮子就蜕了三层皮。好在蛮子年轻，蛮子有劲，有一身的蛮劲，蛮子不怕。这儿斗结束，那儿就去吃派饭。只可惜蛮子自此娶不上女人，没个崽，也没个家。一日日地吃派饭，一日日地挨批斗，蛮子就在这一斗一派间过活。

就这样，蛮子干了二十年地主。就这样，蛮子吃了二十年派饭。后来，没地主干了，也没派饭吃了，没家的蛮子就在他哥那儿吃。

这年，蛮子他哥不干队长了，喝着酒，他哥说：“地主干得冤。”

“不冤。”蛮子说。

“冤！”他哥说。

“不冤。年轻，又没拖累，我不干谁干。”

蛮子说罢，倒满一杯酒。端起酒，干了二十年地主的蛮子还是想象不出真正的地主过的是什么美气日子，长什么样子。想起二十年的时光，一口酒咽了，满腹是苦涩和悲怆。

办年货的老人

儿子还不见回来，再不能等了，都腊月二十九了，这可是一年中最后一个赶场的日子了，阴坡老人准备赶场办年货了。老人知道，腊月里好多个办年货的日子，只有最后这一个是留给他的。

自进了腊月，老人一直等儿子回来，而且等了五年了，儿子也没回来。老人没打算上街办年货。办什么呢？一个人过年有什么意思。再说了，也没有钱。可昨天晚上侄子来了，送了一方豆腐、一棵白菜、一块肉，还给了他一百元钱。侄子说："林娃子没有回来，你上街赶场随便去买一点儿什么吧。"

去买什么呢？现在的日子好了，米、面、油什么都有，就是没钱。钱能买吗？今天有钱了，去买什么？老人什么都不想买，一想到儿子，他还是去了。万一儿子回来了，咋办？只有这么一百块钱，买什么真该仔细算计一番。

对子是应该买的，年味儿在那里呢，首先是贴对子、挂灯笼、放鞭炮。灯笼已经糊好了，侄孙子还在上面画了一些花花草草，很是漂亮。那去买对子吧。老人虽然不认识字，可知道对子还是洪先生写得好，那字写得有骨头有肉，来年就有福。那一年什么名人送春联，为了贪图便宜拿了一副，可写的字花里胡哨的没人认得，弄得一些人胡念，念得儿子出门打工如今都不回来。过年图个吉利，可不能让人说一些不吉利的话。

洪先生是老熟人了，一看见他就笑。“对子早给您准备好了。”洪先生说，“对文还是老对文——天增岁月人增寿，春满乾坤福满门。”然后，洪先生还递过来几个小签子，特别交代：“这是送您的‘身体健康’。”老人听了十分温暖。更温暖的是洪先生多少年都没有忘记的习惯，不经意地把那个签子做了一个记号。他担心老人又把“六畜兴旺”贴在了床里面。

买了对子，又买了一挂鞭炮，还要买一点儿什么呢？应该买一点儿吃的了。过年要吃什么，鸡和鱼是必须有的，吉庆有余呀。鸡自己套了一只，虽然是野鸡，但它还是鸡。老人本来是要到河里弄一些野鱼的，可上游的化工厂把鱼都毒死了。原来河里鱼真多呀，拿个铁锤照水潭里的石头砸几锤，水里就冒出一碗多鱼。鱼买了，还要买一点儿什么。还得割一点儿瘦肉，过年的饺子是要吃的。葱自己有，生姜还得一疙瘩。这一来二去的，钱的堆头大了，钱却少了。老人想，现在的钱真的不值钱了。想起那时候，可是那时候钱倒是当钱用呢，一是没有钱，二是有钱也买不来东西，哪跟得上现在。

钱虽然少了，该买的东西还是要买。现在买什么，应该买一点儿火纸，买香，死去的先人也等待了一年了。先人养儿子为了什么？为了养老，为了死后有人思念。可是自己的儿子呢？老人又想起自己的儿子了。儿子几年前外出打工，到现在也没有回来。那一年老伴有病，咋的都想看一眼儿子再走，可是到老伴走了都没有看见儿子回来。都说养儿防老，防的什么老呀。儿子指望不上了，自己该尽的孝心是不能忘的。老人买了香，买了火纸，又买了一把子新版冥币，他希望地下的先人和老伴能过一个有钱的好年。

接下来该买一些什么呢，老人不用想，去灌一点儿酒吧。过年咋能不喝酒呢？万一儿子回来了呢，儿子是喜欢喝酒的。要买酒还得去买酒杯，老酒杯让猫翻出来打碎了。买几个呢，自己用一个，儿子一个，最好给儿媳妇也买上一个吧，有了儿媳妇应该给孙子也买一个，他不喝酒了可以喝糖水。那么，白糖也应该称上一斤。买白糖的时候，老人又换了几张新钱，好做压岁钱。即便是儿子他们不回来，侄子和侄孙子会来的，来了总不能空着手吧。

给先人们安排好了，后人的事情也想到了，老人想给自己买双袜子。一冬都没有穿袜子。想想，钱还是留着吧，过了年就是春天，种子是要买的，化肥也得一点儿，那一点儿钱得算计着用。那么现在做什么呢，就回家吧。背篓里面的东西虽然不多，可肩上是沉甸甸的，背心里也是热乎乎的，就像当年背着儿子。他不由自主地就想到了儿子。

他想，外出的儿子要是回来了就好了。

他想，要是儿子领回来一个媳妇就更好了。

他又想，要是儿子领回来一个媳妇和孙子那就更好了。

末了，老人想，即便是没有儿媳妇、没有孙子，只要儿子回来就好了。老人老了，谁知道明年腊月是死是活呢。

想到这里，老人的脚步加快了，他担心儿子回来了，也许还有儿媳妇、孙子在寒风里等着他回家。

淘宝在人

那时，我还在一个乡村小学教书。那里的人不温不火，喜欢日出而作、日落而息，闲暇的时候还喜欢打打小牌、喝喝小酒、吹吹小牛，悠闲自在得很是安逸。因此，课余饭后的时候，我也融入了他们的生活圈子，和他们一起喝小酒、打小牌、吹小牛，生活很是惬意。

一起玩得多了，我就知道了一个叫黄大宝的人。

黄大宝是这个村子的村民，可不是这个圈子的人。农忙的时候他和大家一起忙，闲暇的时候他就到外村忙活去了。我听说他没有木工瓦工的手艺，他能忙什么呢？有人不屑地一笑，说他找宝去了。还说他是“大宝队”的队长。找什么宝呢？后来我才明白，黄大宝是到民间搜寻散失的古玩字画，然后再卖给别人，赚一点儿脚力小钱养家糊口。

黄大宝找到最多的宝是银圆，一个最多开价三十块，然后转手卖三十五块、四十块，很挣钱的，那时的一个工日也才五块钱。黄大宝也收麻钱（铜钱），不管哪朝哪代的麻钱他都要。麻钱价低，也不值钱。黄大宝最喜欢收购的是双龙银圆，说是一个银圆他可以出一百块。不过黄大宝心重，不说能够卖多少钱，所以他一直都没有找到。

按说，黄大宝的日子应该过得很好吧。可是，黄大宝的日子还是穷，穷得他孩子上学的几块钱学费也常常是年头拖到年尾。村里的人说，黄大宝是让假货给坑了。

黄大宝吃的第一次亏还是在银圆上面。那是夏天的时候，黄大宝刚刚卖了麦子就揣着自己的血汗钱出门了。这次是有备而去的。去的那一家有五十枚银圆，黄大宝提前是见过的，价钱说好二十五块一枚。黄大宝验了货又交了钱，就高兴地笑了。一枚赚十五块，五十枚可以赚七百五十块，那可是一笔不小的数目，黄大宝不可能不笑啊！背着五十枚银圆高兴地找到了买家，黄大宝立马就傻了。那五十枚银圆全是假的，“孙大头”下面写着“洪宪元年”的字样。

第二次吃亏是老票子。那一段时间要老票子的人多，很多外地人都来收购老票子，也经常听说谁谁谁贩老票子发了大财。黄大宝听说后又心动了，农闲的时候就去找老票子。老票子应该是民国时的地主老财和国民党的军官们才有，黄大宝就四处寻找地主老财和国民党军官的后代。没想到黄大宝还真找到了一张十万元的老英镑的票子，黄大宝一咬牙借了五千块买了来。结果，自然是上当受骗，哪里来的十万元一张的英镑呢？

村里人最喜欢传黄大宝吃亏的笑话，版本很多，一个个说得眉飞色舞的。说到最后，村里人就说黄大宝吃了没有文化的亏，要是有文化就吃不了亏了。也有人说，没有文化找什么宝呢？可黄大宝还是乐此不疲，继续奔走探宝。据说最近在寻找“中正剑”，传说国民党的一个将军死在这一带，那剑在香港是很值钱的。

黄大宝辛苦地奔走，可没有找着“中正剑”，却找了一个明代的青花瓷瓶。我虽然不懂赏瓷，可我知道那真是一个好东西，蓝白纯粹的色彩，精巧美妙的人物造型，真是让人赏心悦目呀。端在手里，圆润绵厚感觉十分舒服。我想仔细再观赏一番时，他却让我看看瓶底的款识是不是“大明正德年制”。我说是的，他就包起花瓶急急忙忙地走了。看着他匆忙离去的身影，我猜想他这次一定是发了。

可是，黄大宝一直不见发财。有时遇见他，我想问问那件青花瓷卖了没有，一看他神神道道的样子我就懒得问了。一直到我离开那个小山村，也没有听说他发财的信息。慢慢地，他也走出了我的记忆。多少年后，当我在省城的博物馆看见一个酷似当年那个的青花瓷瓶时，我又想起了当年的那个小山村，想起了大宝队长黄大宝，我想起他的那件青花瓷了。

于是，我打电话找一个熟人问起了黄大宝。

“你问他呀！日子倒是过好了，人却更傻了。别的不说了，就说他手里有一件青花吧，一个大老板给他两百万他都不卖，他白白捐给了省城博物馆。你说，他是不是傻？”

“你说省城博物馆那个青花是他捐的？”

“不是他还有谁？说什么收藏是一种心境，不是收藏东西。装扮得像是一个大知识分子，其实是一个大傻子！”

我心里陡然一惊，立马就挂了电话。我不知道收藏的最高境界是什么，我也不知道大知识分子会不会这么做。可是，我把黄大宝收藏在心里了，我觉得他的心就像那件青花瓷一样，是一件难得的宝物。

放牛的三爷

放牛的三爷把牛牵到河边，夏天就来了。放牛的三爷把清凉的河水泼洒在黄牛、黑牛的身上，我们就感到了夏日的炎热。

这时，山外的药贩子也来了。来了就来了呗，却扯着破锣似的嗓子挨村子吆喝，把满村子的牛和放牛的都吆进了老林子。老林子的虻虫见了，一团团扑过来，叮在牛的身上，吮吸着新鲜的牛血，虻虫眨眼就胖了肥了。放牛的把那肥肥的胖胖的虻虫捉进身后的葫芦，放牛的荷包就圆了。可是，牛却瘦了。独剩三爷的牛站在河边，不进林子不耕田，享受着三爷的慈爱，一日日肥壮起来。

三爷的一生是和牛拴在一起的。放牛的三爷从八岁开始放牛，一直熬到七十多岁，放牛的三爷还在放牛。只不过先是给地主放，后来给自己放，再后来给集体放，末了又给自己放。

六十年的光阴随着牛尾巴一甩一甩地甩完了，放牛的三爷还是被牛尾巴拴着，解也解不开。年前，放牛的三爷在城里工作的儿子把他接进城，试图把他从牛尾巴上解下来。放牛的三爷没待足三天，就被那牛尾巴拽了回来。村里人都说，那牛尾巴拴得太紧了。其实，放牛的三爷是和牛亲哩。

那年，三奶生那在城里工作的儿子，三爷的花母牛下那头黑牯子。三奶躺在床上叫了三天，放牛的三爷在牛圈生生守了三天。三天过后，三奶生下他的儿子，花母牛也生下那头黑牯子。三爷这才回到家，伸出带着牛粪的手摸摸儿子的“牛牛”后，就把三奶预备给儿子搅糊糊的一点儿粮饭喂了牛。羸弱的牛吃了本该是他儿子的糊糊，越长越健壮，儿子却越来越瘦弱。好在那只母鸡挺仗义，一天一个蛋，儿子就度过了苦难的童年。

牛一日一日地长大了，儿子也一日一日地长大了。刚晓事的儿子就拿着长长的棍子打牛，放牛的三爷就拿着长长的鞭子打儿子。牛犊甩着尾巴欢欢地跑了，儿子却背着鞭痕大声地哭。放牛的三爷这才放下他的鞭子去找他的牛。牛犊长成牯子，牯子成了老牛，放牛的三爷就老了。

这年，队里就把两头老牛分给了他；这年，他的儿子也考上了大学。上大学是要花钱的，放牛的三爷家穷，三奶想把牛卖一头给儿子交学费，或是把牛吆进老林子捉些虻虫给儿子做盘缠。放牛的三爷就不作声，一日日地把牛吆到河边，给牛割嫩嫩的草，给牛泼洒清凉的水，给牛吆蚊子，给牛搔痒痒。黄牛、黑牛享受着三爷的慈爱，而三奶和他的儿子却在不远的采石场上挣学费。放牛的三爷的儿子上了四年大学，三奶每年都想把牛卖一头给儿子交学费，或是把牛吆进老林子捉些虻虫给儿子做盘缠，而放牛的三爷就不作声，一日日地把牛吆到河边，给牛割嫩嫩的草，给牛泼洒清凉的水，给牛吆蚊子，给牛搔痒痒，而儿子却在出力拉车挣学费。

又是夏季了，三爷的儿子已经毕业留城，三奶再也不必想着卖了老牛给儿子做学费，或是把牛吆进老林捉些虻虫给儿子做盘缠了。我想，放牛的三爷定会坦然地把牛牵到河边，给牛割嫩嫩的草，给牛泼洒清凉的水，给牛搔痒痒。于是，我背起画夹回到家乡，想给放牛的三爷画一幅风情画。

可是，放牛的三爷死了。三爷的牛也死了。村里人说，今年夏天来得早，药贩子也来得早，虻虫涨到三百元钱一斤，药贩子的声音也敲得贼响。满村的牛和放牛的都被吆进老林，放牛的三爷和他的老牛也被吆进老林。谁知三爷的牛没被虻虫叮过，一团团的虻虫涌上来，那牛就疯了似的四下里蹿，见人就撞，见东西就踏。放牛的三爷就被自己钟爱一生的黄牛、黑牛撞翻后踏死了。放牛的三爷被牛踏死后，牛也死了。牛被虻虫吸干了血后就死了。放牛的三爷死了，三爷的牛也死了，小村的夏季再也没有牛了。

一个人的村庄

都走了。

亲戚走了，邻居走了，村庄里的人都走了，妻子和儿子是最后离开这个村庄的人了。老人真不希望妻子和儿子抛下自己，孤独地守护着这个空落落的村庄。可是他张不开口，谁愿意待在这个一吃饭就落半碗沙子的地方呢？看着慢慢远去的家人，老人扬手想说一点儿什么，一阵风吹来，沙子却飞进了眼里。

老子的眼里是揉不得沙子的。老人扒拉掉眼里的沙子，抡起锄头，在沙海的风口浪尖上挖下一个坑，栽下一棵树。老人恶狠狠地骂了一句："我不信我治不住这驴日的沙子。"

老人的村庄原来是非常美好的。村庄的山坡上有树木，有林子，树枝上有鸟，树林子里有黄羊，有野兔，也有狐狸，还有狼；村庄外的小河里有水有苔藓，有小鱼，有河蟹；小河和山坡之间是良田，春天播下的种子，秋天就能收获满仓的粮食。年轻人劳作之余，还可以在河里嬉戏，也可以在树林子里约会，村庄里到处飘荡的是快乐。忘记从哪一天开始，树林子就没了，河里的水一天一天地少了，远处的黄沙旁若无人地漫过来，良田也没了，村庄里的人家一家一家地往外搬。后来，就剩下他们一家了。现在呢，又剩下他一个人了。

一个人的家也是家，一个人的村庄也是村庄。鸡鸣狗叫，炊烟炉火，一样都不能少。可惜，那些鸡也吃不了那份清苦，不几天就死了；狗呢，不甘寂寞也跑了。老人气坏了，骂一声："驴日的沙子，你不让人活，连畜生都不容了。"骂完了，老人扛起锄头就到村庄后面的山坡上，在那风头之上挖坑栽树。

老人知道，沙子是植物的杀手，它杀死了植物，赶走了动物也赶走了人。老人也知道，植物也是沙子的死敌，只要栽上树，种上草，沙子就退了，人就会回来了。

老人的活儿干得很利落。挖坑，插苗子，再培土，一点儿都不马虎。老人也干得有劲儿，因为脚下的土地是他年轻时和妻子约会的地方。那时候真年轻呀，干了一天的活儿还不觉得累，得了空闲就把她约进树林子。那时她的话也多，就像树上的鸟儿一般，叽叽喳喳不停口。他可不想光听她说话，他很想做一点儿什么。趁着她说累了的当口，他说他眼里进沙子了。她说哪里来的沙子呢，晴天天天的。他说："你给吹吹吧。"她虽不相信，可还是嘟起红红的嘴唇。这时，他那饥渴的嘴唇就迎了上去……

想到这里，老人忍不住笑了。记忆里的故事好像发生在昨天呢，树林子说没就没了，她也跟着儿子走了。想到她，老人加了一把劲儿，狠劲地挖坑，细心地插苗子，又用心地培土。老人想，有个十年八年的，今天的小苗子就会成林了，再把她领回这里，那心情一定会美得不得了。有了好心情，老人连饭都顾不上吃，不住地挖坑，不住地插苗子，不住地培土，一天的时间竟然栽了两百株树。照这个速度，村庄前后的沙海只消三年五载就会都长满了树。

可惜，风偏偏和老人作对，一夜之间把两百株树苗全部拔了。老人没有叹息，继续挖坑，插苗子，培土。为了对付风，老人把过去只挖四十厘米的坑挖到八十厘米。老人想，我就不信你风还能把它拔出来。又一场大风吹过，老人去看那些树苗，树苗依然傲然地站在那里。

沙漠里栽树不仅仅是风的问题，还有许多意想不到的困难，一年一年地，老人都一一克服了。老人想，只要有心，办法总比困难多。沙漠里水分少，老人就栽梭梭、红柳、花棒、沙枣等节水耐旱的植物。能栽树的季节里，他就一心栽树；不能栽树的日子了，他又种草。老人想，树活了，草绿了，沙子就无处可逃。

老人不怕难，不怕累，也不怕寂寞，每一天他都是忙忙碌碌的没有闲暇。可是到了好栽树的季节他心里就急。急什么呢？

要是有个帮手，能多栽一棵树多好呀。老人就想了一个办法，把老伴骗来了。老伴来了，儿子也来了，儿媳妇和孙子也跟着都来了。好容易来了，他把他们骗到地里栽树。亲戚不见儿子回去，以为他真有了什么事情，也急着赶来了，他又一脸坏笑地把亲戚也骗进地里替他栽树。

人都说，老人变坏了，不仅骗亲人，骗亲戚，也骗邻居，骗他们帮他栽树。也有人说厚道的老人变吝啬了，吃一颗枣子他要栽一棵树，喝一杯水要栽一棵树。有骗子是因为有人相信骗子，骂他吝啬是因为自己喜欢上别人珍贵的东西。因此，每年总有一些人被他骗了去栽树，也总有一些人因贪图他的枣子、喜欢他家的水而走进了沙海。有了这些人的帮助，沙海里的树跑得快了许多。

记不得是十年还是八年了，老人发现村庄的前后都绿了，村庄前的水也大了。远处的红柳成了林，中间的沙枣挂了果，树木之间的草也生得威猛而葱郁。被他骗回来的老伴和儿子、孙子赖着不走了。再后来，亲戚和邻居也陆陆续续地回来了。老人觉得自己的精力也不济了，就把那些林地一家一块地分了。老人说，反正是大家栽的。

老人呢，却到村庄外面的沙海里去了。老人想，一个人的村庄太寂寞了，一个村庄在沙海里面还是寂寞。老人又开始忙起来了，忙着在村庄外面的沙海里栽树去了。

犁　地

这年的腊月，有一段难得的好日子。那段日子里，太阳像是旺旺的火，烤得南墙外的三亩地好似铺了毡，软绵绵的舒坦。

这时，五叔就掮着犁、吆着牛来犁地。都知道五叔犁地是假，五叔是来调教牛。五叔做庄稼是把式，调教小牛更有一手绝活。再烈的牛在五叔手中，好似捏拿揉好的面团团。于是，在南墙根下晒太阳的人们，都歇了手中的活计，看五叔调教小牛。

五叔的牛养得好。五叔虽然胡须上、胸襟上常常挂着唾沫或是饭粒，但牛身上绝对没有一星半点儿物什。早晚把牛毛梳得如同锦缎，而牛就像拳王争霸赛场上的拳击手，浑身憋满劲儿。其实，五叔的牛去年都该调教了，可五叔说牛犊还嫩，身子骨还在长，那牛犊又长了一年的膘，那牛就难得调教了。

正如五叔的孩娃，别人家的孩娃都退学了，五叔却把孩娃逼进学堂上学。孩娃学堂上满了，也没混出个名堂，整天领着一帮浑小子满镇子晃。五叔已经奈何不得了，一把老骨头就没日没夜地干。

五叔把牛套在犁上，太阳就暖暖地包裹着人们。人们就像吃了一只猪脚、喝了三两甘蔗酒，身子骨懒得发软，眼睛却直直地盯着五叔。只听五叔骂一声，牛就摆出犁地的架势，老母牛已是犁地的老把式了，不慌不忙地拽，那牛犊却不安分，兴奋得乱蹦乱跳。五叔又骂一声，牛犊依然不解五叔的话语。母牛急得甩开尾巴打了牛犊，没想到牛犊似是受到了鼓舞，蹦跶得更欢了。地已没法犁了，五叔就扬起鞭子。鞭子在空中红艳艳地一闪，旋即却落在母牛的身上。

五叔老昏了。晒太阳的人们看见牛鞭在母牛身上敲出的鞭痕，才发觉五叔老了，老了就昏了。那母牛正出力呢，蹦跳的是牛犊，挨打的却是母牛。正应了那句古训：鞭子打的是快牛。人们又想，鞭子打了快牛，那牛犊咋能调教得出来呢？人们边想着，边去看五叔调教牛。这时才发现，五叔已不知用了啥法儿，牛犊已不再蹦跳，在乖乖地拉犁。只是牛犊舍不得出力，独剩老母牛拼命地拽，犁把子就在五叔的手里歪了又正，正了又歪。五叔又骂一声，鞭子在空中划了道弧，又重重地落在母牛的身上。那母牛又一用力。五叔手中的犁把子又偏了。

五叔昏了，五叔真是老昏了。人们想，五叔这样鞭打快牛，牛犊是调教不出来的。人们张口想说点儿甚，又恐五叔的儿子接茬。叹息一声，又去看五叔犁地。犁地的五叔真是老昏了，犁着犁着，出力的母牛又重重地挨了一鞭子。于是，有好事者就吆喝一声。

“五叔，不出力的是牛犊子。”

“晓得。”

“晓得你为啥还打母牛？”

“母牛出力是护牛犊子呢。”五叔说罢，鞭子又重重地落在母牛身上，人们立马噤了声。鞭子虽然落在牛身上，也落在人身上。晒太阳的人们就红了脸，三三两两地都走了，独剩五叔在犁地。

来年腊月，又该有一段好日子，那段日子里太阳仍是疙瘩火旺旺地烤，南墙根下也没晒太阳的了。去年出走的孩娃已是搂钱的好手了。五叔的牛犊也成了犁地的把式，南墙外的三亩地只用一晌的工夫就犁完了。

村主任家的猪

乡长宣布王福当选村主任后，王福家的猪就知道自己成了村主任家的猪，那猪就高兴地在圈内蹿上蹿下直哼哼。哼罢了，它就想弄一点儿什么吃吃庆贺一番。可王福的女人也就是村主任的女人，陪乡长喝酒去了，再也懒得去搭理它，它饿得实在没法子了，就翻出猪圈走出了宅院。

时令正值初夏，天气不冷不热。宅院外老耿家田里的蔬菜长得鲜嫩迷人，诱得村主任家的猪不自觉地就钻进了老耿的地里。村主任的女人很懒，平时村主任家的猪凑合过活，一顿饱一顿饥不说，还没有一顿好吃的。老耿田里鲜嫩的蔬菜自然比村主任的女人准备的东西甜美得多，村主任家的猪就吃得很香也很甜。

村主任家的猪吃得又香又甜的时候，村主任的女人喝晕了酒就往家里走。村主任的女人走到门口时发现自家的猪跑进了老耿的菜地里，就急着想把猪吆喝进圈里。村主任的女人知道老耿可不是盏省油的灯，以往的猪和以往的鸡也在老耿的地里糟蹋过庄稼，老耿从没有对它们手软过。可村主任的女人的确是喝多了一点儿，走到门口已没了说话的气力，更不用说吆喝猪了，只好眼睁睁地看那猪在老耿的地里吃得有滋有味。村主任的女人没法子了，就想，反正王福已当了村主任，你能把他怎么样。再说是猪吃了，又不是我吃的。村主任的女人想着，就坐在门口的小凳子上睡着了。

村主任的女人醒来的时候，村主任家的猪已经满腹而归。看着猪那浑圆的肚子，村主任的女人知道惹了麻烦。不要说老耿家的蔬菜，无论谁家的都是不应该的。再说，王福刚刚当上村主任，村主任家的猪就到处乱吃，终究是一件说不过去的事情。村主任的女人就找来一点儿钱揣在身上，等老耿上门了她就给老耿赔偿损失。

可是老耿家没人来，村主任的女人只好揣了钱去找老耿家的。她担心老耿家的那张没遮没拦的嘴在村主任大喜的日子把村主任骂得狗血喷头。村主任的女人走进老耿的院子，老耿家的就一脸笑意地迎了出来。村主任的女人说“自家的猪吃了你家的菜”，老耿家的先是不承认。后来承认了，就说“吃了就等于是村主任吃了，村主任吃了就等于是我们自己吃了。蔬菜嘛，就像男人的胡子刮了又长，没甚稀罕的”。老耿家的说着就把村主任的女人递过来的钱挡了回去，而且还给村主任的女人装了一篮新鲜蔬菜。村主任的女人拎着一篮蔬菜回到家里，心里先是迷糊，后来就清醒了，清醒之后她的心里就像抹了蜜。两天后，那猪又翻出圈，她也不再管，由着那猪去吃别人的蔬菜吃别人的庄稼。起初，村主任的女人还准备几句话等着有人找上门来，可等了几次，那些人就像老耿家的一样，猪吃了不说，她们还送，弄得自家的猪像是村主任，又吃又拿。后来，村主任的女人不怕人找麻烦事了，而且还很得意，很得意的村主任的女人又懒了一点儿。她请人拆了猪圈，任那猪在满村子转着吃，满村子似乎都成了她家的猪圈。

村主任的女人胖了，村主任的女人也更懒了，不说割草喂猪喂羊了，就连猪夜里回来，她也懒得搭理。于是，院子里就弄得乱糟糟，村主任的女人就狠下心，找人把猪杀了，把羊宰了，把鸡也一只只烫了。

没了猪，没了羊，也没了鸡，院子里就清静了许多，坐在清静的院子里，村主任的女人想这回不喂猪、不喂鸡、不喂羊了，以后吃甚呢？甚都吃。村主任的女人后来发现，自己虽然不喂猪，可吃的猪肉比别人的多；自己虽然不喂羊，三天两头就喝羊肉汤；自己家虽然不喂鸡，天天都有鸡蛋卖。家里甚都有甚都吃，日子美得很。

再后来，村主任的女人不知村主任变啥法子，不仅弄得有吃有玩有乐，而且还盖起了小洋楼。每每坐在小洋楼上看着满村子的景物，她就笑了。笑着笑着，她就想，幸亏那猪，幸亏那猪吃了老耿家的菜。村主任的女人一高兴，忍不住骂了句：“真是一头好猪！”

法医李炎

李炎是医科大学的高才生，不知是怎么的，却当了公安局的法医。

法医的收入怎么能和医生比呢，待遇也是不能比的。人们见了医生都是热情握手。见了法医呢，大多数人都会把手插在裤兜里或者背在身后避免握手，实在是挨不过情面和法医握一次手了，他们也会立马赶回家中，一遍一遍地洗手。李炎不在乎这个，你伸手了我握，你不伸手了我也懒得搭理你。但李炎的妻子在乎，一遍遍撺掇李炎改行当医生，还串通几家医院上门要求李炎加盟。李炎犟，他决定的事情十头牛都拽不回来。妻子也不是善茬，一天天闹。闹得李炎急了，说："再闹我们就离婚。"妻子知道李炎的脾性，翻翻白眼终于歇了口。

李炎做事精心细致，一是一，二是二，很少有人对他的鉴定结果表示怀疑。当然，不是所有人都信服他，也曾经有人对他表示怀疑，还请来北京医科大学的几个博导复查他的鉴定结果——结果证明李炎是正确的，博导对他精致的手艺和高度的敬业精神赞不绝口。李炎笑笑，说："我不敬业都不行呀，我的鉴定结果真的是太重要了。"

他的鉴定结果真的很重要。因此，找李炎的人很多，他们拿了很贵重的礼品，希望李炎笔下留情，要么多写两个字，要么少写两个字，希望法律的天平能够多多地关爱自己或者自己的亲友。

李炎是一根筋，一是一，二是二，多一个小点他也不会写。

妻子朋友的孩子和人打架，被打得遍体鳞伤。派出所验伤结果没有构成伤害，妻子找到他，意欲让他重新鉴定，弄个轻微伤害，教训教训对方的孩子，或者让对方赔付一笔钱。妻子还说那孩子前不久鼻梁骨折过，定他个鼻梁轻度骨折，神不知鬼不觉的。他硬是不干，弄得妻子半年都不给他好脸色。

还有一次，外地一个大老板来考察投资，醉酒后和一个本地小混混发生冲突，小混混打了那老板两拳头。这还了得，老板计划投资五个亿不说，还是领导的哥们儿，领导一个电话让公安局抓人。凭什么？凭李炎的鉴定结果。而李炎的鉴定结果证明，那两拳头没有构成伤害。领导不高兴了，让李炎写成伤害。任领导怎么说，李炎也不答应。领导说，这是组织的决定。李炎说，组织的决定也不能违反法律。

领导知道李炎的脾气，软下身段说："你就办了吧。你不为我想，也为县上想想吧，五个亿能安排多少人就业，能增加多少税收。况且要抓的人是一个小混混呢。"

李炎说："他再是小混混，可他没有犯罪呀。法律没有说不保护小混混呀？"领导气得干瞪眼。最后，县里的领导都出面说话了，李炎还是不答应。弄得领导愣是没有抓人的证据。

为这事，大老板放弃了投资，县里的领导气得吐血，好多人都大骂他是死脑筋。骂归骂，谁也奈何不了他，还暗暗地敬佩他。自然地，再有什么不合法的事了，也就不找他了。倒是有一些无权无势的人会给他送个锦旗或者礼品去感谢他，感谢他为他们伸张了正义。他呢，他说法律不分贵贱贫富强势弱势，法律只讲公正。那些锦旗、礼品他一概不收。

当然，他也不是一次人情没做，他还真是违心地做了一次。

那是一个土豪的儿子，他打伤了一个清洁工。验伤的结果是构成轻度伤害，土豪的儿子要负刑责。问题是土豪的儿子面临高考，进了监牢可能一辈子就完了。土豪就出了一大笔钱给清洁工，不仅可以彻底改变清洁工一家的生活，还可以供他两个儿子上完大学。方方面面都说这是一个完美的结局，希望他改变鉴定结果。

他思考了很久很久，妥协了。他也希望这会是一个完美的结局。

谁想到这事平息了，却壮大了土豪儿子的胆子，认为一切都是钱可以买通的，经常打架斗殴祸害乡里。最后呢，土豪的儿子终于触犯法律被判了死刑。

土豪的儿子死了，李炎陷入了永远的后悔中。他想，有些事真的不能妥协，如果不妥协，那孩子也许还好好地生活在这个世界上。

送你一张笑脸

他正忙着做脸谱，妻子着急地问他："听说林院长要走了，我们送一点儿什么呢？我们这日子可全靠林院长呀！"

何止是日子呢？他知道，连自己的第二次生命都是林院长给的呀。

记得那一年的秋天，忘记是为了一件什么小事，他和邻居王大林吵了起来，后来又打了起来，王大林打断了他一条腿。他拖着断腿到派出所报案，王大林却跑了，他不得不自己四处借钱治病。可是，等他借够了钱，又错过了最好的治疗时机，他的腿就落下了残疾，再也出不了重力气，干不了重活，马上就要结婚的女朋友也和他吹了，嫁给了别人。

一气之下，他就将王大林告到了法院，要求王大林赔偿自己的经济损失。不说王大林跑了，就是不跑，王大林家有什么呢？除了一间破草房，就是老婆和孩子。破草房判给他吧，王大林的老婆孩子又没有寄身之地。主办案子的林院长——那时还是小林就告诉他，等王大林回来再说吧。

他嘴里虽然答应着等待，心里却有了一个复仇的计划：他卖了家里的两只母鸡，又买了几十斤柴油，意欲趁着夜深人静的夜晚将柴油泼洒在王大林的草房上，把他们的家产和老婆孩子一起烧为灰烬。反正自己也没有了活路，就是自己死了，也没有什么可悔恨的。

当小林知道他的想法后，连夜赶到他家，耐心地劝说他，要他放弃自己的想法。他呢，先是否认自己的想法，然后就假装诚恳的样子，接受了小林的建议。他想，反正你小林也就是尽尽你的职责，等天亮你走了，我再烧上一把火，你总不可能天天跟着我。可他没有想到，天亮了，小林要带他一起到县城。小林说："你的腿有残疾，在这深山老林又怎么生活呢？不如到城里我给你找点活儿，一年两年的，说不定还能娶一个漂漂亮亮的媳妇呢。"他真的不想去，小林也没有这个职责，可又推却不了小林的诚意，就随着小林进了城。

就这样，他进了城。小林给他租了间小屋子，然后又在法院门口给他盘了一个活动的烤红薯的炉子，他开始卖烤红薯。有人的时候，他就烤红薯，没有人他就想怎么去报仇。可是，一想到报仇，他就忍不住看看二楼上小林的办公室，他就看见小林那张甜甜的笑脸。他明白小林的心思，就又忙着去烤红薯了。街道上人流很大，他的生意一日一日地好起来了。特别是下班的时候，生意特别红火，面对众多的客人他有点儿忙不过来了。这时，小林也不急着回家，还会在炉子旁边帮他收钱。听见顾客夸奖的声音，他就笑了，笑声里充盈着一种幸福的感觉，复仇的事情就深埋在了心底。

来年的春天，没有红薯卖了，小林帮他弄了一辆三轮车，他又做起了水果生意。水果生意有很大的流动性，还可以到别处去招揽生意。可只要小林在办公室上班，他依然摆在法院的门口。他知道自己心里虽然有仇恨，却不想让小林再为他担心。后来呢，心里的仇恨慢慢地淡了，他也会笑着把三轮车推到别处去叫卖。小林呢，又忙里偷闲来看他。看见小林来了，他笑笑说："林法官，你放心。我，现在不想报仇了。"小林说："我知道，你笑了。而我不是不放心，我是来看看你，我们是朋友呀。"

小林真的是把他当朋友看。街上见了，小林会说说话；渴了，还会吃一个橘子；下雨了，还会到他家看看；遇上饭了，她也会盛上一碗，就像是自己的妹子一样；看见家里不干净的衣服了，她也顺手泡在盆子里，一边洗，还一边说："家里应该有个女人了。"

后来，小林真的给他介绍了一个女人。女人也是从农村来的，聪明，勤快，很体贴人。有了女人就有了家，日子充满温暖和笑声。只不过家里的负担重了，手里有些紧巴。已经结婚当了庭长的小林，帮他在法院门口租了一间店面，办了一个工艺品商店。女人利索，忙着进货收账，他呢，就坐在店子里看铺子。有人了，他做生意；没有人来，他就学着做脸谱。他手巧，做出的脸谱很是受人喜欢。

日子越来越好，他不仅有了儿子，当年的官司也了结了。想到自己的美好的日子，他把王大林赔偿的钱，给已是院长的小林封了一个大大的红包，却让小林狠狠地批了一顿。末了，小林说："我不仅不收你的礼，我也不收别人的。我喜欢笑脸，只要你看见我时，开心地笑着就好了。"听了小林的话，他情不自禁地笑了，笑得纯真又幸福。

那么，小林——也是林院长这次要走了，送点儿什么呢？送吧，又怕小林不收；不送吧，的确是没有人情了。

林院长终于要走了，来和他告别的时候，他拿出了自己的礼品——一个脸谱，一个用木头做的笑面脸谱。他说："我送你一张笑脸吧。我知道，你只要看见我们的笑脸，你就会开开心心的。"说罢，有泪就从他们眼里流出来，泪水滴在那张脸谱上，脸谱上的笑竟是那么的甜蜜。

明亮的灯

这次我要搞定的人是郑正。

郑正是谁？反贪局的副局长。那是一个较真又认死理的人，要不然他也不会当了二十年的副科。要知道他手下的干事早当上副检，有的甚至是检察长了，他还钉在副科位子上不得动。

搞定他是因为长河大桥。大桥投资三个亿，投入使用不到一年就出现裂缝脱皮翻砂等问题，老百姓议论纷纷，媒体吵吵嚷嚷，说工程有腐败，要求彻查。都是一群吃瓜群众，如今哪个工程没有腐败？只看多少的问题。工程从立项、招标、建设到验收，无数双手卡着你，一处不通就会形成血栓，要不了你的命，也会弄你一个半身不遂。

况且，如今包工程要拼命走关系，然后层层转包，想法子压低成本，挣钱的渠道就是偷工减料，工程质量不出问题才是怪事。再说了，只要不是毁灭性问题，修修补补又是一个挣钱的渠道，大家皆大欢喜，领导也心知肚明。因此，新来的书记安排郑正随便查查工程情况，意欲安抚民心平息众怒。

谁想到郑正拿着鸡毛当令箭，非要来个彻查。彻查谁？三个亿的工程在县里是特大工程呢，拿事的可不是几个小干事。郑正不管，拉开架势准备大干一场，他以为大干可以快上呢。反正我不怯，我只是一个被人不断盘剥的承包商，天塌下来有高个子扛。再说了，我还恨不得出卖几个贪官呢，我早已忍无可忍了。

高个子真害怕了。高个子也知道郑正的为人，害怕郑正在哪里拉出一条口子，再出现决堤，弄出一曲水漫金山再被压在雷峰塔下永世不得翻身。高个子指示我赶快去搞定郑正。

搞定他，我是有信心的，这么多年很少遇见我这个“官场杀手”搞不定的人。

真不是吹，是人都有软肋，总归是有办法搞定的。我见了那么多的官员，要么金钱，要么美女，要么权力，要么虚名，总有法子搞定他。还有的领导更恶心，不待你搞，他就屁颠屁颠投怀送抱。区区一个副科级副局长，还能搞不定？

没想到真搞不定。糖衣炮弹金钱美女不行，权力压迫威逼利诱还是没有效果。我又找来一个说了算的领导封官许愿，他还是硬邦邦不松口。采取迂回策略找到他的家人，依然不得突破，一家人固若金汤。这样的人太少了，真牛气。要是这样牛气的人多了就好了，这样的人多了，工程没有黑幕腐败，社会公平正义。都骂我们败坏了风气，可谁又愿意把钱财送给别人？都是没办法的事。

不过，这样的人让人敬佩，也让人害怕。比如郑正，他不愿意蜻蜓点水走走过场，而是要深挖猛打。如今的事只要深入调查，哪能不出事？郑正很快抓住把柄。把柄虽然不是太严重，蚁穴可溃千里长堤。我加紧围攻郑正，依然油盐不进不说，他反而劝说我去主动交代。高个子不得不亲自出面了，他还是软硬不吃。气得高个子放了狠话——下猛药。

我知道高个子的为人，也知道高个子的手段，下猛药接着就是下狠手。我还知道如果郑正不放手，我的日子难过，而郑正的好日子肯定是完了。我找到郑正，晓以利害，并且许以包公都会心动的条件。郑正不放手不说，还顺手把我关了起来，让我把握机会争取主动。我肯定不会主动，不然我咋往下混呢？他做事死板，可他的人品真是牛气。

牛气是牛气，凭他手里的证据还不足以把我怎么的。再说，有硬证据又能怎样？我可比郑正危险多了。我要是出了事，真的会引起官场地震。所以，我在里面待了一天就出来了，我又去找郑正。他还是不松口，他说他又挖出新证据了，他办的是铁案，任谁也救不了我。我相信他的能力，也相信他的作风。高个子也明白，放了狠话给我，如果我搞不定郑正，就让人搞定我。我明白高个子的话，我几次险些出现意外了。我真正担心的是郑正，高个子什么事都干得出来。难得遇到这么一个让人敬佩的人，我真的不希望郑正有个什么意外。

我把我的担心告诉郑正，郑正说他早已把安危置之度外，狠手又能怎样？谁想到高个子的狠手太狠了，他竟然把郑正的儿子绑架了，意欲胁迫郑正。郑正在我眼里一直是个硬汉子，可听说儿子被绑了后，还是蔫了。看到他的软肋，我又惊又喜，似乎看到了某种希望，但我还是真心想帮他一把。

我帮他找回了儿子。郑正擦把泪，说他个人谢谢我，但他不能放过我。又说他真的已经抓住了我们的命门，我们怎么也逃不脱了。说罢，他手下还拿出一组照片给我，吓得我出了一身冷汗。那些照片证明：要不是郑正暗地保护，我早就险些“意外”了。郑正还说：“社会的公平正义需要我们共同努力，我不信你甘愿忍受贪官污吏的勒索。”他的话句句戳心，句句扎得人心痛。

该怎么办呢？我相信高个子还有办法搞定郑正，但郑正已经把我搞定了。我也担心我会出意外，更重要的是我忽然觉得郑正的人品犹如一盏明亮的灯，让我阴暗的心里一片澄明。虽然这盏灯也会让我无处逃遁，但我还是希望这盏灯光亮耀人。

于是，我把所有的铁证都交给郑正。

我们太需要郑正这样的人了。

老白干情结

老严是爱喝几盅酒的，有事没事他都想喝两盅。老严不是领导，老严喝的酒都是自己用工资买的，所以老严没有喝过好酒，都是那一块钱一斤的老白干。三盅就昏，两斤不醉，老严练就了一副好酒量。

领导知道老严爱喝酒，并且酒量很大，上面来领导了，领导就让老严去陪酒。那酒都是好酒，老严只听说过，自己却没喝过，老严接过领导递过来的杯子就喝。没想到一喝就喝醉，醉了就吐，趴在桌子边就吐了，直吐到大小领导都离开了桌子，他还不停止。以后，上级来人了领导再不叫他，老严也不介意，老严就在家里喝自己的老白干，一盅接着一盅喝，喝得有滋有味。看着老严那有滋有味的神情，女人说老严命薄，老严也说自己命薄。命薄的老严喝着那一块钱一斤的老白干，工作却干得红红火火。

因了那老白干，老严干得红红火火；也因了那老白干，老严始终干不上去。干不上去，老严也不在乎，他只在乎有没有老白干。有了老白干，工作就有了劲儿；有了老白干，老严也不怕得罪领导和那些说情的人，每件事情都干得干净利落。每每看见悻悻而去的领导和黑着脸的说话人，老严就一盅一盅地喝着自己的老白干，心里舒服得要死。舒服的老严就咂巴咂巴嘴冲着女人说："这老白干真不错呀，这辈子怕是离不开老白干了。"

后来，也许是由于老白干的原因，老严的胃坏了，老白干就没有可存放的地方了，老严不得不告别老白干。没有了老白干，老严好像丢了魂，也没了威力，老严就被过去的领导调出了刑警队。离开了刑警队，老严三转两转地转进了反贪局。很想念刑警队的老严也很喜欢反贪局的工作。老严不喜贪官污吏，可他到了反贪局后，却喜欢和他们打交道，就像早先在刑警队时喜欢那些罪犯一样，总想找个机会把他们收拾一顿。老严刚入门的时候，总是干得很起劲儿。可惜，终究是不喝老白干了，老严常常显得力不从心。常常是费神费力地弄好了一个案子，揪住了老鼠并不光滑的尾巴，满以为可以端掉一窝老鼠呢，没想到还是让那老鼠跑了。老严的心里很惭愧，就想起那些拥有老白干的日子，那时的日子真是滋润。于是，老严就偷偷地拿回了一瓶老白干。闻着老白干的醇香，老严不想白干，更不想当“老白干”。每次听到朋友轻蔑地喊他“老白干”时，他都想起最初在刑警队喝老白干的日子，那时谁不敬重他三分。而现在呢，连老婆、儿子都笑他是“老白干”。白干没意思，“老白干”更是没意思。没意思的老严就去买了好多的老白干放在自己的办公室里，有事没事他都喝上几口。老严已不胜酒力了，三口两口的就迷迷糊糊的了。

老白干真的管用，喝了老白干的老严又像往日一样虎虎生威了。别看他迷迷糊糊不得醒的样子，可他经手的案子却办得丝丝相扣滴水不漏。遇上领导或是朋友求情了，老严就低着头去喝他的老白干，一盅挨着一盅喝。几盅下去，老严就迷糊了，迷迷糊糊的老严生生是把那案子办成清清朗朗的铁案子了。办成了铁案子，老严就不会白干了，不白干了，谁都不能再喊他“老白干”。老严逮住了一窝一窝的老鼠后，单位也有了光彩，同事们也有了光彩，同事们就准备向老严表示一下自己的敬意。敬什么呢，老严爱喝几口。于是，同事们就凑份子给老严买了两瓶上好的酒。

老严真的命薄，平时的老白干喝了那么多也不见有事，可这好酒一盅就喝坏了。老严喝坏了，同事就想起老严平时喝的老白干，他们不顾老严的反对开了老严的一瓶老白干。老白干打开了，他们才发现老严那老白干竟然是凉开水。可是他们谁也没吱声，他们一盅挨着一盅把那瓶“酒”喝了。喝完了“酒”，他们一个个都变得迷迷糊糊的了。

回　乡

王市长轻车从简回到小镇绝不是没有衣锦还乡的意思，而是想把这种意思表现得含蓄一点儿，以免留下一些话柄，不然日理万机的他，就没有回小镇的必要了。

王市长童年的时候曾在小镇住过两年，那时候他只有七八岁。也不是市长，而是和黑蛋、狗蛋相差无几的铁蛋。父亲被打成“走资派”后，母亲戴着一顶“右派”帽子和他来到小镇。因为母亲有满脑子的好文墨，就成了学校的老师，成了老师的母亲不仅没有受到小镇人的歧视，而且还受到小镇人的尊敬，就连他也颇受人的喜爱，但那些日子在他心里仍然是一个创伤。他常说，没有在小镇所受的屈辱，就没有今天的成绩和地位：没有在小镇受到的歧视，也没有今天这个市长。想象之中小镇给予他的屈辱和歧视成了他前进的动力，小镇给他的坎坷也成了他骄傲的资本。

因此，他当上市长的第一件事情，就是想回小镇，想体味一番衣锦还乡的滋味。因为，一个市长在他父母居住的大院里并不耀眼，而在小镇乃至小镇所在的这个偏远小县却是绝无仅有的。可是，当上市长以来，他每天都在忙，日理万机地忙，整天忙些说不清的事情，实在是抽不出一点儿时间，也难了心头之愿。

今天，他终于抽出一点儿时间回到小镇。眼前的小镇变了，青石板的小街被水泥硬化了，过去的破烂瓦房换上了好多的楼房，摩登的姑娘与州城的相差无几，以往的痕迹已难寻觅。王市长心里顿时充满遗憾，遗憾小镇变得太快也太好了，遗憾这些变化与自己毫无关系。其实，王市长遗憾的事情真的太多了，他虽然当过许多的官，却没干出什么事。他虽然当了两年的市长，也只是讲了两年的话，拍了两年的电视。工作成绩虽然没有，报纸上却是天天有他的照片，电视里天天有他的影子，弄得像个名演员似的，无人不知无人不晓。

也正是因为如此吧，王市长虽然是独自走在小镇的街道上，小镇的人显得很是热情，纷纷和他打招呼，还不断地问候他母亲，虽然没有一个人喊他王市长，也没有人喊他的大名，可热情的笑脸和滚烫的话语让他幸福、让他自豪。他觉得自己回乡是正确的，他想展示一番当初的铁蛋现在的市长的威仪。他昂首挺胸从街头走到街尾，又从街尾晃到街头，那越来越热情的笑脸使他的心里热乎乎的。这时，他后悔自己没带记者来。王市长出门没有不带记者的习惯，他想今天要是带上几个记者，那些热情的场面拍成录像可以上中央电视台，那些照片也会上《人民日报》，那时，一向严厉的母亲说不定也会竖起大拇指。

想到这儿，王市长来到一个电话亭，他想打个电话叫几个记者来。拿起了话筒，守电话的老人就热情地递上一听饮料。握着清凉的饮料，王市长禁不住问了一句：

“老人家，小镇人常看市台电视吗？”

“不看，市电视台都是领导在拍戏。”

“常看市报吗？”

“不看，市报都是领导的讲话。”

“那你们——怎么知道我？”

“我们不知道你现在是什么，我只知道你长得像你妈。你妈在我们这儿教过书，我们都记得她，也都记得她的恩情。因此，我们见了你，就像见到了你妈。”

老人说罢，又关切地问起了他的母亲。王市长就低着头走了，他的心里涌起一阵阵酸甜苦辣。

对　手

大胡当上局长的第一天就发现李副局长对他充满了敌意。大胡虽然才当上局长，但他知道班子团结对于一把手的重要性。班子不团结了，不仅工作不好开展，其他的什么事都不好办，就像黑暗中有一双眼睛盯着你，无论做什么都放不开手脚。为了消除李副局长的敌意，聪明的他就找了一个借口，想和李副局长沟通沟通。可是，李副局长并不领情，没有一点儿要和他沟通的意思。

李副局长不仅这一次没有和他沟通，以后的多少次努力，李副局长都不愿意和他沟通。李副局长不愿意和他沟通，大胡没有别的办法，就权当他是一个对手，小心地提防着。

身边有一个对手的日子真不好过，做什么都害怕留下什么把柄让对手逮住了。因此，他无论做什么事情，提前都要深思熟虑一番，把方方面面的情况都考虑到，做任何一件事情他也都要征求一下李副局长的意见，总担心不和他通气会出现什么问题，给他人留下大做文章的机会。

身边有对手不仅工作不方便，其他的事情更不方便。外地的同学来了，他想用公款要一次大方，担心李副局长知道了胡说；到南方开会老婆孩子想顺道去看看风景，又害怕李副局长到领导那里去打小报告；单位有公款想给职工发一些买几句好听的话，却害怕李副局长去告状。看别的单位局长和副局长团结一心，他眼红得不得了，就是没有办法。尤其是遇上有同学让他用公款消费他不敢答话的时候，他恨得牙根发痒却又作声不得。有时也想找一下领导，把班子调整调整，又害怕领导有什么误会于己不利，只好作罢。

当然，身边有一个对手也不是什么好处都没有。比如说有什么得罪人的活儿，他就让李副局长去做；有什么棘手的事情了，他也可以交给李副局长去办。如果李副局长不干，他就有了赶走李副局长或是收编李副局长的理由。而李副局长呢，自然也不会推辞，就竭尽全力地去办。因为李副局长明白，局长交给他的不仅仅是工作，也是赶走自己或是收编自己的一个借口。

李副局长干好了工作，他就有了成绩，也就没有了赶走李副局长的理由。没有赶走李副局长的理由了，他也发现了李副局长的能力，他更加努力也更加谨慎了。他不仅努力地工作，也努力地清正廉洁。他想，既然赶不走他，只有自己努力工作等待组织的召唤了。

因为自己非常努力，作为副职的李副局长也不敢懈怠，他们单位的工作不但干得有声有色，而且廉政建设也搞得很好。于是，大胡得到了重用，被提拔到另外一个更有权力的局担任了局长。上任以后的大胡发现，这个局不但更有权力，而且没有一个人愿意做他的对手。

没有对手的日子真的很好。没有人反对他的意见，没有人给他使绊子，局里局外的人都仰望着他，给他微笑，给他关怀，给他谄媚，给他威严。他要什么有什么，他说什么是什么，常常是他没有说什么也没有要什么，只要他想什么就会有什么。

那时的日子真的很好，顿顿山珍海味，夜夜莺歌燕舞，没有他办不成的事，也没有反对他的声音。仅仅一年的时间，他携妻带子踏遍了长城内外，他也带着情人情洒长江两岸。每每享受着这美好的一切，他忍不住就大骂一声李副局长，害得自己白白耽误了两年宝贵的时间。

时间真的很宝贵，也仅仅是一年的时间，大胡就出事了。当冰凉的手铐套在他的手上时，他就想起了李副局长，想起李副局长和他作对的日子。他想，要是有对手就好了，有了对手自己也不敢胡作非为了。

刺　绣

杨妈妈有一手做刺绣的好手艺。

儿子刚上小学的那一年，杨妈妈的丈夫就死了。杨妈妈害怕儿子受委屈就没有再嫁人，辛辛苦苦地做刺绣抚养儿子，供儿子上小学、念中学、读大学，然后又求人帮忙为儿子在城里找了一个工作。儿子呢，也知道母亲的辛苦，一年一大步，两年一个台阶，不到十年的工夫，不仅在城里娶了媳妇生了儿子，而且还当上了局长。

儿子当了局长，就把杨妈妈接进城里，想让杨妈妈享几天福。可是，杨妈妈做惯了活儿出惯了力，这种衣来伸手、饭来张口的生活她一点儿都不习惯。来到儿子家，她赶走了小保姆，包揽了所有的家务，可还是有许多的时间没有事情干。没有事情干了干什么呢，那就享福看电视。杨妈妈最喜欢看反腐败的电视，要么被电视里的贪官气得大骂，要么被里面的人物感动得泪水涟涟。

有一天，杨妈妈看完电视以后，大哭了一场，自此再不看电视了。杨妈妈想找一些活儿干。干什么呢，杨妈妈不知道，干临时工儿子不会答应，捡垃圾当清洁工儿子没面子。那么干什么呢，杨妈妈在街上转，发现有人卖绣花鞋、绣花枕头、绣花帘子。杨妈妈没想到自己的手艺在城里还有出路，杨妈妈就有了自己的打算。

杨妈妈到街上买了一个针线笸箩，又买来了针头线脑，就开始刺绣。刺绣是很伤眼睛的，儿子就劝杨妈妈不要做，可是杨妈妈不听，一有时间就绣上几针。杨妈妈的手艺真的很好，她绣出来的作品不仅儿子喜欢、媳妇喜欢，就连那些来拜访儿子的城里人也喜欢，有人还要出大价钱买她的刺绣作品。那东西是不值那么多钱的，杨妈妈不卖，杨妈妈就白白地送人，连人家回赠的小礼品她都不要。来看儿子的人很多，杨妈妈一有空闲了就画呀织呀，忙得不得了。

来看儿子的人好像都有杨妈妈的绣品了，杨妈妈还是不停地绣。绣得多了，杨妈妈就试着拿到街上去卖。杨妈妈没有想到自己的东西很走俏，要买的人很多，杨妈妈一下子就挣了好多好多的钱。想到那些刺绣作品能换那么多钱，杨妈妈的劲头更足了，白天黑夜都在忙活，不是画，就是绣，要么就是在街上卖。

杨妈妈毕竟是老了，这样没日没夜地干，她的身体吃不消。就在她干了一个通宵，又拿着刺绣作品上街叫卖时，她晕倒在街头上了。好心人把她送进医院，儿子闻讯也急忙赶到。儿子才发现母亲最近真的老了，头发白了许多，手也伸不直了，竟然比她在乡下时还要憔悴。儿子看在眼里，心里一阵难过。待杨妈妈醒来，忍不住找了母亲一句唠叨："妈呀，你这样辛苦为了啥呀？儿子也不缺少那么几个钱的！"杨妈妈说："我也不想那样做，可是我也没有办法呀。每天都有那么多的人找你，给你送礼，我担心哪天你们两口子和电视里的人一样出了事情，我老了，干不了别的活儿了，我和我孙子靠啥子生活呀？"杨妈妈说完，就放声哭起来，哭得儿子的脸上也是泪水一片。

报　答

胡而立胡局长听说余老师进城来打工的消息后，他立即通知秘书安排了一下，决定把他的老师好好地招待一顿，以感谢胡老师对他如山的恩情。

胡而立十岁的时候，父亲死了，家里穷得掏不出学费上学。他游手好闲地满村子晃悠，谁见了他都烦，他见了谁也都烦。烦到最后，他就开始干坏事。起初是偷别人的蔬菜瓜果，后来就偷鸡摸狗，直到有一天被送进了派出所。他只有十岁，派出所拿他也没有别的办法，只好通知学校去领人。他没上学，学校完全可以不管，可学校新来的余老师还是去把他领回了学校。

领回了学校，他就算是入了学，成了学校的一名正式学生。余老师不仅给他缴了学费，而且为他购买了学习用品，课余饭后还为他补习功课。胡而立很乖觉，知道自己的学习机会来之不易，他就用双倍的努力来回报余老师的关怀。他也很聪明，仅用了三年的时间就完成了小学六年的功课，第四年就以优异的成绩考上乡里的初中。

考上了初中，家里还是没有钱。他虽然想上学，再也不好意思再去找余老师了，就流着泪把通知书烧了。他知道，像他一样年纪的孩子也应该为家里做一点儿什么了。可是，开学的时候到了，余老师又找到他，要他继续去上学。余老师说他极有灵气，将来一定会念出名堂。“至于学费嘛，我们共同想办法。”

就这样，他又进了中学。他知道像他这样的孩子早就上不了学了，要不是余老师，他根本就没有上学的机会。他知道，余老师不仅支持他上学，还在帮助别人。因此，他在学校努力地学习，放学了就上山砍柴挖药，尽量减轻余老师的负担。可是，课余的时间不是很多，他的能力也不大，挣来的钱也解不了饥荒，更多的时候还是靠余老师的资助。他知道自己现在没有能力报答余老师，他就加倍努力地学习，用自己优异的成绩来回报余老师的恩情。

那时的他确实努力，不仅年年是第一，他还用全乡第一的成绩考上了高中，而且用全县第一的成绩考上了大学。他虽然是那个小山村考上的唯一一个大学生，但面对那一大笔学费却没有一个人愿意帮他。为了筹集学费，他跑了许多的路，也受尽了屈辱。就在他要绝望的时候，又是余老师把准备结婚的钱借给他做了学费。当他拿着那笔钱告别余老师的时候，他什么也没有说，唯有毕业后好好报答余老师了。

可是，待到大学毕业参加工作了他要还账，账还没有还清呢他又要结婚，结婚不久呢又有了孩子，孩子还没有上学呢又要买房子。事情一件接着一件，既没有能力，也没有机会。后来呢，经济上虽然轻松了，官场上又多了一份应酬，有心想请余老师到省城来转一转，余老师却拒绝了。有心想回去看看吧，他又担心惹来一些不必要的麻烦。再后来呢，官做大了，余老师的恩情虽然不曾忘却，可是那份情感却一日日地淡漠了。

没想到就在这时，余老师突然来到了省城。往事又潮水般漫起。他一辈子都不会忘记，如果没有余老师对他的帮助，也没有他胡而立的今天。因此，他亲自到余老师居住的地方，把余老师接到省城最好的酒店，他要用最高的标准来接待余老师，以报答余老师的恩情，他已经具有这个能力了。

他没有想到余老师是领着一帮十一二岁的学生来打工挣学费的，而且年年都来。见了那些孩子，他立即就想起自己的童年，心里就有了一种说不出的感觉，他就连那些孩子一起请到了酒店。在酒店里，他讲了自己苦难的童年，讲了余老师的帮助。为了那些孩子，他也不无骄傲地介绍了自己的现在。他希望那些孩子能够珍惜自己的机会，将来用自己的成功来报答余老师。

胡局长说到这里的时候，服务员端来了菜，也上好了酒。看着那满桌的美味佳肴，不仅是那些孩子，就连余老师的眼睛也直了。一个孩子擦了一把哈喇子，小声说：“这些菜大概需要一百多元钱吧？”胡局长轻轻一笑，说：“一百元？一百元你连这个酒店的大门都不得进。再说了，我能用一百元的水平来报答我的老师？”那个孩子胆怯地问：“那需要多少钱？”胡局长笑笑说：“不多，不算酒水是一万二。”那个孩子吐吐舌头，喃喃地说：“那么多。”胡局长骄傲地说：“我希望你将来长大了能用更高的标准来报答余老师。”那孩子一笑：“那肯定，等我将来当了官，我给余老师摆三万元的酒席报答余老师。”

那孩子说罢就走到余老师身边，余老师拍拍他的头，说：“等你将来长大了，余老师不吃你的酒席。只要你能救助一个失学的孩子，就算是对老师最好的报答了。”说罢，余老师头也不回地就走了。余老师走了，那些孩子也跟着余老师走了。

一支钢笔

陕南山区的一个县受灾了，许多孩子失去了上学的机会。为了使这些孩子能够重新回到学校，电视台计划组织一次“真情无限”的拍卖活动。活动得到了社会各界的支持，拍卖的这一天不仅来了许多的企业家，也来了许多的艺术界名人，他们按要求都带来了珍贵的纪念品。有的拿的是书画作品，有的拿的是工艺品，有的是自己的奖杯，有一位作家拿的是自己用过的一支钢笔。由于这些纪念品都是名人的，而且又是善举，竞拍得非常激烈。

可是，轮到拍卖作家的那支钢笔的时候，场面相对沉寂了。作家虽然是一个名家，可他的钢笔太一般了：六七十年代上海造的那种“金星”牌钢笔，又黑又粗，也没有一点儿艺术的美感，而且笔帽已经破裂，自然引不起大家的关注。高傲的主持人见了这个场面，就轻巧地把球抛给了作家。

主持人就问他："您这支钢笔看起来非常普通，背后是不是有什么特别的故事？"作家说："是的，它的背后确实有一个感人的故事。"主持人说："那您能不能把这个特别的故事讲给大家听听？"作家点点头，就拄着拐杖走上前台，给我们讲了这样一个故事。

八岁那年在一次高烧过后，我的腿坏了，再也不能直立行走了。不能行走的日子，我整天就窝在我家的土炕上。好在土炕的里面是一扇窗户，窗户外面是一条小路，我就通过那扇窗户看那小路上来来往往的人。逢着上学放学的时候，我就大声地喊来往的学生陪我玩，可是他们谁也不理我。是呀，小孩子都是贪玩好动的，谁愿意和我在一起说一些没有用的话呢。我虽然明白这些，可仍然不死心，逢着放学上学了我仍然大喊大叫。他们自然是不理我，可我的叫声却叫来了学校的田老师。

田老师是我们学校唯一的女老师，长得白皙漂亮、温柔可人，又说着一口普通话，谁见了都喜欢。田老师知道我的情况后，就找到我的父母，要求父母送我去上学。父亲就说，我们家穷，掏不起学费。田老师就说，学费由她负责。父亲又说："你看他那双腿，连路都没法走，怎么去上学？"田老师说："正因为他的那双腿，你才应该让他上学学知识，不然他长大了怎么生活？至于上学接送的事，由我负责，你们不必担心。"面对田老师的真诚，父母再也不好固执己见。于是，田老师就背着我离开了我家寂寞的土炕，走进了我期盼已久的学校。我知道我的学习机会来之不易，又有田老师的悉心辅导，我的学习成绩很好。特别是那一段寂寞的日子，我整天胡思乱想，竟然开发了我的形象思维，我的作文每次都有田老师写的大大的“甲”字，也常被田老师作为范文在班上朗读。也正因如此，田老师就把那支当时非常珍贵的钢笔送给了我。

因为这支钢笔，我就有了一个理想；也因为田老师给我的这支钢笔，我学会了怎样去面对苦难。后来，田老师离开了我们那所山村小学，我用这支钢笔坚持读完了小学，又读完了中学。大学虽然拒绝了我，我还是用这支钢笔自学完了大学的课程。后来呢，我又用这支钢笔写下了一百多万字的作品，我这个山村的穷孩子，历尽艰辛终于实现了自己的理想，成了一名作家。

主持人听了作家充满真情的叙述，擦了一下发红的眼睛，问：“这支钢笔对您如此重要，您怎么舍得拿来拍卖呢？”作家说：“因为，我的——老师走了。”主持人说：“哦，不过您的老师去世了，您更应该保留着这支钢笔，作为永久的纪念呀。”作家说：“是的。可是，当我听说受灾的山区有许多的孩子不能上学后，我还是决定把这支钢笔拿来了，我希望更多的人知道这个故事，我也希望更多的人能献出一份爱心。因为，你不经意的一个善举，可能改变一个孩子一生的命运。”

作家说罢，大厅里马上热闹起来，竞价声此起彼伏，价格一路攀升。后来，这支钢笔被和作家坐在一起的一位歌手以二十万的天价成交。面对主持人的话筒，这位新潮的歌手说：“我希望每一个需要钢笔的孩子，都能拥有一支他需要的钢笔。”

一张纸条的承诺

黄梅虽然一直在屋子里忙碌着，心却一直关注着院子的动静。她急切地等待着父亲回来，她希望父亲回来的脚步声是欢快有力的，她希望听见父亲爽朗的笑声。

父亲的脚步一向是自信有力的，父亲的笑声也清脆而爽朗，可自从她接到大学录取通知书以后，父亲的脚步就变得那样的迟疑，父亲清脆的笑声也成了记忆。她真后悔自己为什么要去考大学。

谁想到学费这么高呢？在这个贫困的山村里，谁家听了都会害怕呀。父亲强劲的脚力在一家家的门口磨完了，爽朗的笑声被那祈求的话语耗尽了。父亲尽管磨软了脚力，失去了笑声，也没有凑够她上学的费用。她真想撕碎了那张难得的通知书，换回父亲强有力的脚步声和那爽朗的笑声。可惜，黄梅又不甘心。那么，还有别的什么办法吗？

黄梅又拿出了那件漂亮的外套和那张发黄的纸条——穿上这件衣服的小朋友，学习上如果有困难，可以联系我们，我们一定帮助你。李思俭。

看见纸条，黄梅就想起了九年前的那场洪水。它是那么凶猛，那么无情，片刻之间就剥蚀了地里的庄稼，一时三刻就席卷了他们的村子，父亲历尽艰辛盖起的房子倏地就没了。雨过天晴之后，救灾的物资终于到了，她分得了一个包裹。包裹里除了一件非常漂亮的衣服，还有这张她细心保存了九年的纸条。九年来，小小的黄梅经历了太多的艰难，但她还是和自己的爸爸妈妈一起克服了。她虽然没有和纸条上的李叔叔联系过，可是她知道纸条后面有一双希望的眼睛一直关注着她。她一直暗暗努力，想考上一所好大学，找一份好工作，回报李叔叔的关心。因为李叔叔给她的衣服是她至今穿过的最漂亮、也是最温暖的衣服。谁想到第一次和李叔叔联系会是这样呢？

黄梅真的不想麻烦李叔叔了，无亲无故的，凭什么呢？就因为李叔叔的爱心，又要索取李叔叔的爱心吗？她真的不愿意这样……

黄梅实在是没有别的办法了，只好试着给李叔叔写了一封信。她精确地计算了，李叔叔的回信大约需要七天的时间。她又想，如果李叔叔不回信，她该怎么办呢？她不知道，真的不知道。

谁想到，第五天的下午，黄梅收到了李叔叔的信，还有她急需的一万元学费。李叔叔的信里写了许多鼓励的话语，希望她努力学习，取得好成绩。李叔叔还说，她大学期间的学费和生活费就不用担心了，他们家经济状况非常好，由他们家全部负责，她只负责出好成绩。

黄梅顺利地走进了大学。她知道自己的学习机会来之不易，她十分努力。课余了，她总是寻找勤工俭学的机会。她写信告诉李叔叔，她只希望李叔叔帮助她学费，她自己承担生活费。李叔叔立即告诉她，勤工俭学是必要的，主要还是学习，他承诺的生活费不减。“自己挣的钱，你去买书、买衣服吧，女孩子应该打扮得漂亮一些。”李叔叔还说，“你阿姨现在开了一家饭店，虽然不是日进斗金，收入还是不错的。”她每月按时收到生活费；每逢节假日，她都会接到李叔叔和李阿姨的礼物。她也常常接到李阿姨的电话，告诉她昨天收入多少，今天收入多少，然后她们就在电话里开心地笑，宛如一对亲昵的母女。李阿姨还邀请她去南京玩。她多么想去南京看看李叔叔和李阿姨，想想，她还是拒绝了。西安到南京需要很多钱，她不想额外增加李叔叔的负担。她想等自己工作了，她一定会去看自己朝思暮想的李叔叔和李阿姨。

有了李叔叔的帮助，本该艰辛漫长的大学生活转眼就结束了，快得她都不敢相信是真的。由于不用担心学费和生活费，她的学习成绩一直很好，还没有毕业，就找到了一份可心的工作。因此，当她领到她第一个月的薪水后，她觉得自己应该去看李叔叔一家。她知道，富有的李叔叔虽然不在乎她微薄的礼品，她应该献上一颗感恩的心。她又想，李叔叔家该怎么样的富有呢？

终于到了南京，终于走进了李叔叔的家，没有想到李叔叔的家与他们在电话和信里所说是天壤之别。李阿姨五年前就下岗了一直在家，他们的儿子在北京上大学、读研，李叔叔单位的效益又很差，一家人的生活仅仅依靠李叔叔微薄的工资已是非常艰难了，他们还要资助上大学的她。看着李叔叔寒碜的小家，黄梅扑进李叔叔的怀里放声大哭。

抹去泪，黄梅问："李叔叔，您为什么要这样呢？"

李叔叔一笑，说："不为什么，就为了兑现自己的承诺，也为了实现一个女孩的梦想。"

名　字

王老师一手拿着那张表格，一手捏着钢笔，死活记不起自己叫什么名字了。

王老师本来是有一个或是两个名字的，可自从他在村小开始教书后，人们都喊他“王老师”。喊得久了，人们就忘记了他的名字。王老师自己本该是记得的，可捏着钢笔却怎么也想不起来了。

于是，王老师就推着时间往前撵。

撵到没教书时，王老师想起了自己的小名，好像是叫“狗蛋”或是“狗剩”。只是这名字用到上学，老师就把名字改了。改的名字叫起来拗口，写起来也麻烦，王老师也不甚喜欢，加上父母、同学仍然是“狗蛋”或是“狗剩”地喊，那名字只是老师写在成绩册上的记号，再也没了别的用途，名字就被淡忘了。小学毕业后，他就开始在村小教书，“狗蛋”或是“狗剩”再也没人喊过，都喊起“王老师”，名字更没人用了。那时民办教师又没工资，记工分、分口粮，王老师就像别人画的或圆或方的圈圈一样，写个“王”字，已是非常自豪的事了，哪还有闲心去写名字，名字反而成了累赘，以后就被他精简了。

后来，好像是有两个要用名字的机会了，王老师的学问也操练得很深了，他就给自己取了两个挺时髦的名字。只是那两个机会擦肩而过，时髦的名字没派上用场，那名字也就随取随丢了。到了民办教师不记工分而领统筹款时，他的学生有的当了校长，有的当了会计，学生记不得老师的名字毕竟是件不好意思的事情，学生也羞于再问，工资册上就记个“王老师”，王老师签字了就写个“王”。即便就是领导来校检查或是开会了，都尊他一声“王老师”，也没有谁用过他的名字。

按说家里人应该有人知道吧，可他一想，还是没人记得。父母是早就死了，女人吧，结婚前喊“王老师”，结婚后喊“哎”。“哎”了三十多年，儿子大了，儿子却是土拨鼠，不必用他的名字。孙子倒是上中学，也经常填写表册，却用不着他的名字。名字彻底地被忘了。

真的是忘了，王老师怎么也想不起自己的名字了，那只捏笔的手就抖了起来。干了一辈子的老民办，教了一辈子的书，却没当过一天半天的公办教师，到老了反而把名字弄没了。如今不想干民办了，想干一件能多捞几个钱的事吧，却没了名字。

重取个时髦的名字吧，已没了必要。王老师就在姓名栏里写下“王老师”，看着这三个字，那能多捞几个钱的活儿也没了再干的必要。他想，哪有老师不教学生的理呢？王老师想到这儿，就把钢笔装进了衣兜，再瞅瞅那名字，他就笑了。他想，那名字确实挺美的，将来死了就把它刻在墓碑上，谁见了都会喊一声“老师”，那真是再美不过的事了。

胸　怀

先生愉快地接受了美军司令部交给他的任务——在地图上标出日军占领区需要保护的古城、古镇以及重要的建筑文物。先生知道，盟军将要反攻日本了。先生期待得太久了，想象着盟军的飞机轰炸日本本土那激越的场面，先生长长地吁了一口气。他的心还是充满了快意，他甚至想起那一年在桂林的咒语。

那一年，先生和夫人在桂林躲避战火，可是日军的飞机仍然不给他们片刻安宁，一天几次轰炸这个美丽的城市，轰炸这些善良的民众。一次，当先生看见日军的战机又抛下一串串的炸弹后，先生指着那些耀武扬威的敌机，气愤地说："多行不义必自毙！总有一天我会看见日本被炸沉！"

先生对日军不仅有国恨，也有家仇。

那一年，先生那毕业于西点军校的弟弟在十九路军服役，年纪轻轻就当上了炮兵上校，前途真的不可限量呀。可是，日军发起了淞沪战争，弟弟的一腔热血洒在了黄浦江边吴淞口。是年，弟弟还未满二十五岁。噩耗传来，先生泪雨滂沱，恨自己不能亲上沙场，为弟弟报仇雪恨。

后来，妻弟也穿上了军装，成了一名飞行员。为了保卫苦难的中国，他在蓝天之上和日军斗智斗勇，歼敌无数，先生的心里充满了自豪。他希望妻弟驾驶着自己的飞机，赶走日军，甚至是炸沉日本。遗憾的是，1942 年的某一天，刚刚出征归来的妻弟正在双流机场休息，日军的飞机又来了。妻弟迎着日军飞机疯狂的机枪扫射，冲向自己驾驶的“战鹰”，想驾驶自己的飞机赶走敌机。可是，还没有等妻弟登上飞机，又一梭子弹飞过来，妻弟就把青春的鲜血洒在了自己的飞机上。那时，先生已经见过太多的残暴，心里充满了悲苦，眼里已没了泪水，夫人流着泪，写了一首怀念弟弟的长诗。

战争越来越艰苦，大半个中国已经沦陷，栖息着老百姓、记录着人类文明的城镇每天都面临日军飞机的轰炸，先生只好携夫人蛰居扬子江畔一个叫李村的乡下。先生的颈椎病日益严重，每天必须依靠铁马甲支撑自己的身体来书写《中国建筑史》。夫人患了肺病，一日日地咳嗽，一日日地消瘦，一日日不停地给他查资料，“民国第一美女”憔悴得让人生出几多的爱怜。可是，他们谁也没有叫过一声苦，也没有说离开这里。当美国的朋友知道他们的境遇后，来到这里，让他们离开战火到美国去。

他们说："不，现在这个时刻，我们不能离开灾难深重的祖国。"

朋友说："不离开这里，日军来了怎么办呢？"

他们一笑，说："前面就是扬子江。"

说罢，两只瘦弱的手紧握一起，平静地看着滚滚东流的扬子江。

十几年的抗战，先生没有离开过这片多难的土地。先生虽然不能驰骋疆场，可先生也一直不忘自己的责任。他们不仅研究中国的建筑，作为中国战区文物保护委员会副主任的先生，也力所能及地保护着他们能够保护的一切。

抗战快结束了，先生终于等到日本将被炸沉的那一刻。先生怀着自己的希望，在地图上勾画日军占领区需要保护的中国的古城、古镇和重要文物建筑。这时，他看见了日本的京都，还有奈良，先生竟然毫不犹豫地把京都和奈良"保护"了起来。不知道先生是否有过犹豫，是否想起日军飞机轰炸中国那些城市文物时那疯狂的举措。就连熟知他的美军司令部的官员也很疑惑，就问："梁思成先生，为什么会是这样？"

先生很平静，说："从个人感情上，真的希望日本被炸沉。可是，京都和奈良不仅是日本的，也是世界的。"

后来，听说奈良有许多的军事设施必须清除时，先生看着夫人一笔笔地标出奈良的每一个必须保留的文物建筑。每画一笔都会想起一个死去的亲人，可是每一笔都是那么认真而无误。

绝　技

大凡一般的茶叶蛋，先把蛋壳打损，放在茶水锅里煮。煮熟剥了壳，蛋白变成茶色，就算是茶叶蛋了，吃起来与清水煮蛋没有两样。而杨矮子的茶叶蛋，不但蛋壳不损，而且蛋壳上还有一枝两枝、三片五片的茶叶，犹如一幅清淡素雅的水墨画，玩味再三，咬牙剥皮，淡绿的蛋白上一枝两枝、三片五片的茶叶活活地跳入眼里，丝丝缕缕的热气缥缈袅娜，就像一杯馨香的西湖龙井待你享用。忍不住啜一口，口角生津，丝丝清香沁人肺腑，同时也真真切切品味到鸡蛋的原汁原味，并且已变得温软柔滑如脂如膏了。更兼那蛋有清心明目祛火除热之奇效，那蛋就一日赶不上一日卖。

杨矮子的茶叶蛋成了走俏货，按说该请上俩伙计，摊子弄大点儿。可杨矮子不，每天煮一百个茶叶蛋是木板上钉钉子了。而且从不在家卖蛋，总是挑着担子沿街转，一边卖茶叶蛋，一边收鲜蛋。卖了蛋买了蛋，就来一段口技，逗得大家笑呵呵，他也哈哈笑，算是酬谢顾主。末了，又是买又是卖，又是口技又是笑。杨矮子和善，就是不买蛋卖蛋，吆喝一声，他也会来上一段。遇上难缠的主儿，杨矮子就会一套接着一套耍。

杨矮子的茶叶蛋是小城的一绝，那口技更是一绝。一般人学口技，大约有那么点味儿就行了。而杨矮子的口技惟妙惟肖，使人真假难辨。他学鸭叫，鸭婆子会在他周围“嘎嘎嘎”地转；他学鸡叫，鸡就在他身前身后跳。有一次，他学狗叫，满街的狗都围着呜呜呻吟，似乎他就是发情的母狗，或是狗崽它妈，惹得街上人一阵子好笑。小城人都知道，这不过是小菜一碟，更绝的是他能学百鸟的叫声，把各式各样的鸟呼唤到身边，他一动一笑，一抽嘴一抖肩，百鸟也随之一蹦一跳，一唱一和，似乎他就是鸟王凤凰。当然，这是绝技，人们只是听说，没见杨矮子耍过。没耍过是没耍过，人们相信杨矮子的能耐。人们都等着，人们有耐心。

人们等着盼着，没想到很快就看到了杨矮子耍的绝技。

这天，日头歹毒，天气闷热难耐，唯有吃了杨矮子的茶叶蛋解热才痛快。于是，杨矮子的鸡蛋刚出门就卖了个精光。杨矮子绕街转了一圈，又买了一百只鲜蛋。杨矮子心里高兴脚底就抹了油，跑得飞快。嘴里还学着阳雀子叫唤，引着阳雀子跟着满街里跑。可是，在丁字街拐弯处，杨矮子碰着人了。一颗颗鸡蛋坠在地上，宛如一颗颗星星闪闪生光。杨矮子从那星星里拔出眼睛，立马又傻了眼。

“二爷，小的该死。”

街上人见杨矮子撞了二爷二赖子，轰地围上来。人们知道有戏看了。因为二赖子是无赖，无事都要找事的主儿，警察局局长都得让他三分，况且事儿犯在他手里。没人猜出杨矮子要遭啥罪，反正有热闹好看。

“二爷，小的给您赔三身新，伺候您三日。”

“哼，三寸丁的个儿，你能做甚？”

“爷，小的会煮茶叶蛋，供爷下酒。”

“你够不着爷的灶台。”

“爷。”

“把你煮茶叶蛋的法儿说说，爷要慢慢儿受用。”

“爷，那是小人的饭碗。”

“爷专端别人的饭碗。”

“爷。”杨矮子喊了声，泪珠直吧嗒。

“爷等着。”

“爷。”

“要命，还是要碗？”

杨矮子喊声“爷”，扑通跪下，磕头如捣蒜。偷眼看看二赖子，二赖子一脸铁青。再看看二赖子裤角上的蛋黄和蛋清，就爬起来，想：命都没了，还要饭碗做甚。于是，甩手照自己嘴巴来了八耳光，就说：“爷，茶叶蛋要鲜蛋，还要买西安茶荣庄的一品西湖龙井茶，用商州老董家的白府绸，把鸡蛋和一枝两枝、三片五片的茶叶包好，放在冷水里泡三天。先用清水煮两个时辰，然后用文火蒸三炷香的光景，再用泉水漂一袋烟的工夫。底锅水里要加三月的蛇胆、五月的薄荷、八月的桂花、九月的菊花和腊月的梅花各三钱。”

杨矮子闭着眼一口气说完，二赖子却一声未吭。抬脸望去，二赖子眼珠子耷拉在嘴角上。

“爷。”

“爷不吃蛋。”

“爷。”

“你还能做甚？”

“爷，小的会口技，好给爷解闷儿。”

“爷要听猪叫。”杨矮子学猪叫。

“爷要听狗叫。”杨矮子学狗叫。

“爷要听狼叫。”杨矮子学狼叫。

于是，二赖子说什么，杨矮子就学什么，学什么就像什么。杨矮子似乎忘记了刚才的痛苦，人们就达到了自己的目的，满街的笑声不绝于耳。直到二赖子点不出来了，杨矮子又耍了几声稀奇古怪的声音。

“就这？”

“爷，小的只会这。”

“来段绝技。”

“爷，小的只会这。”

“来段‘百鸟朝凤’。”

圈外吆喝一声，震得杨矮子头皮发麻。那可是绝活，除非杀头或传艺，否则是不能外扬的。可二赖子不管这些，二赖子听见后话就顶上来。

“爷要听‘百鸟朝凤’。”

“爷，小的不敢。”

“爷等着。”

“爷，小的不敢。”

“爷等着。”

“爷。”

“爷等着。”

杨矮子瞅瞅二赖子耷拉着的眼珠子，又看看身前身后一匝一匝的鸭脖子，自知命该绝了。此处茶叶蛋也卖不成了，也没了谋生之路，与其做个屈死鬼，不如显示一番手段。想到这儿，杨矮子对天八拜，对地八拜，口中念念有词。接着，各种各样叽叽喳喳、如歌如唱、如泣如诉、奇妙无比、婉转悦耳的声音从杨矮子灵巧的口中飞出。霎时，闷热难耐的人们顿觉头顶一阵清凉。抬头望去，天空满是红的白的黄的绿的蓝的花的麻的大的小的五颜六色各种各样的鸟，随着杨矮子一动一笑，一举手一投足，或盘旋或飞舞，或歌唱或呜咽，